Le Rire de cabu

Michel Lafon

Cabu était un homme libre.

Il nous reste ses dessins, il me reste à construire sa mémoire.

Visionnaire, il l'était. Il avait tout compris de notre époque et savait plus que personne anticiper les débats actuels.

Le dessin de presse satirique est un élément essentiel de notre culture et de notre environnement démocratique. C'est sans aucun doute pourquoi Cabu mettait autant de passion et d'énergie à le défendre avec talent, sans jamais sacrifier son humour.

À travers cette exposition dont le principe était acté dès 2015 par Anne Hidalgo, la maire de Paris, une évidence commune s'est imposée : faire rire !

Véronique CABUT

Le rire était Cabu. C'était sa raison de vivre.

J'attendais la venue de Cabu au journal car je savais qu'à un moment ou à un autre on rirait ensemble. Cabu avait le rire facile mais à une condition. Le rire devait être inventif. Dire une bêtise ne suffisait pas, il fallait la construire autour d'une trouvaille. Ce n'était pas la grossièreté qui le gênait, mais la vulgarité de la grossièreté, c'est-à-dire sa banalité. Rire de tout est à la portée de n'importe qui. Rire de tout avec créativité, beaucoup moins. Pour Cabu, chaque dessin devait comporter une surprise. Elle pouvait être graphique mais aussi écrite. Car les mots, leur sonorité, le rythme du prononcé détiennent une puissance comique aussi forte que le dessin. Pour lui, un dessin réussi devait être graphiquement original, mais aussi inventif dans sa formulation. Ces deux exigences réunies, tout pouvait être dessiné, tout pouvait être écrit. La créativité faisait disparaître la vulgarité.

RISS
Directeur de publication de *Charlie Hebdo*
Extrait de *Une minute quarante-neuf secondes*,
Actes Sud, 2019

"Face à Hitler, qu'auriez-vous fait, Monsieur Cabu ?"

On t'avait posé mille fois la question. Tu devinais ce qu'on voulait te faire dire : que face à Hitler, on ne discute pas, on prend les armes, point. Mais tu ne donnais pas satisfaction à ton interlocuteur. Tu répondais qu'il aurait fallu s'y prendre avant, de manière à éviter qu'Hitler n'arrive au pouvoir. Cet argument ressemblait à une défausse mais n'en était pas une. C'était ta conviction profonde. Et tu la mettais en pratique. Si tu luttais farouchement contre l'extrême droite, si tu te moquais des barbus, des intégristes, des démagogues, si tu allais chaque année dans une école parler du dessin de presse, si tu cherchais à exercer un « sens critique aigu » et à le développer chez les lecteurs, si tu te passionnais pour le jeu politique, c'était pour cela : pour œuvrer, à la place qui était la tienne, celle du journaliste-dessinateur, de celui qui regarde et transmet, fait rire, dénonce et venge, pour empêcher d'accéder au pouvoir tous les Hitler d'aujourd'hui et de demain, tous ceux qui sont prêts à nous pourrir la vie. Tu ne te contentais pas de rire des beaufs, des tyrans et des galonnés. Tu voulais nous mettre en garde, les montrer du doigt pour nous montrer leur vrai visage. Tu voulais prendre les devants. Prendre les devants, pour un citoyen, c'est voir plus loin que le bout de son nez. Pour un politique, c'est voir plus loin que son mandat. Pour une société, c'est voir plus loin que sa réussite économique et son rang dans le monde : c'est définir les valeurs en lesquelles elle croit, sur lesquelles elle ne transige pas. La liberté d'expression, par exemple. »

Jean-Luc PORQUET
Journaliste au *Canard enchaîné,*
Extrait de *Cabu, Une vie de dessinateur*,
Gallimard, 2018

« Dessinateur de presse », c'est ainsi que CABU se qualifiait. La diversité de sa palette, l'étendue de son œuvre, la longueur de sa carrière… tout porte à dépasser cette dénomination. Et pourtant, tout y est résumé.
Avec la liberté d'esprit qui le caractérisait et les valeurs qu'il a toujours soutenues, Cabu a porté le dessin de presse satirique au-delà de la simple case qui lui est (de moins en moins) réservée dans les colonnes des journaux.

Les dessins de Cabu sont des éclats de rire, des « coups de poings dans la gueule », des œuvres qui offrent à penser. Tous démontrent sa démarche permanente : on peut rire de tout, surtout lorsque cela fait réfléchir !

C'est pourquoi les quelque 300 œuvres présentées ont systématiquement cette double vocation.

Dans la presse avec *Pilote, Hara-Kiri, Charlie Hebdo, Le Canard Enchaîné,* à la télévision pour « Droit de Réponse » de Michel Polac ou pendant « Récré A2 » avec Dorothée, Cabu s'est exprimé sur tous les sujets : politique, société, culture… Il a créé des personnages désormais inscrits dans notre patrimoine, comme le sont ses caricatures des personnalités et hommes politiques. Grâce à Cabu, plusieurs générations de lecteurs et de téléspectateurs ont appris à chaque âge à distinguer les beaufs des grands Duduche.

Enfin, la dimension artistique de sa palette graphique vous démontrera qu'entre les techniques, formats et modes d'expression, Cabu ne s'est jamais rien interdit. Il ne manquerait plus que l'on mette des barrières entre Cabu et son envie de nous faire rire !

Jean-François PITET
Commissaire de l'exposition

"La première fonction d'un dessin, c'est d'abord de faire rire, ou du moins sourire."

Cabu

Voilà ce qui m'intéresse : la joie de vivre. Dessiner, c'est essayer de donner une légèreté aux choses. Je ne suis pas un artiste, mais plutôt un humoriste qui s'exprime en dessinant. On a des contraintes, on doit être lisible par tous. S'il s'agit d'un art, il est populaire ! En tout cas, je ne m'en lasse pas.
Je suis un privilégié, je suis dans mon poste d'observation et je ricane. Je suis journaliste, mais je revendique le droit d'être un bouffon. Nous sommes des bouffons, des provocateurs. Nous sommes là pour mettre du poil à gratter partout, pour dynamiser ou dynamiter. Un dessin, c'est un espace libre dans un journal, un espace libre pour les libres opinions. Du moins, c'est ce que ça devrait être…

On peut tout faire en dessin. On peut faire des dessins pour enfants, des dessins polémiques, des dessins grotesques… on peut tout faire. Ce que j'aime faire, c'est m'exprimer, tout simplement. Et faire rire, essayer de faire rire. D'abord, avant de dire des choses, on a le droit à trois secondes, l'œil du lecteur c'est trois secondes. Si vous ne le faites pas rire, il passe à autre chose, et il a raison. C'est très fugace un dessin. Il faut que le rire suscite une réflexion. Même agressif, un bon dessin doit poser une question.

Heureusement que la connerie humaine agite toujours son drapeau rouge pour nous faire vivre. Mais je ne suis pas un moraliste, simplement un type qui met ses impressions en dessins. Je crois qu'il faut avoir le courage de la dérision, il est plus facile de se cacher la face que de dénoncer, même par l'humour.

Pour être caricaturiste de presse, il faut une bonne dose d'indignation renouvelable et l'envie d'être un redresseur de torts. Ce qui me choque, c'est que, plutôt que de s'en prendre à la violence elle-même, les gens nous reprochent de la dénoncer. C'est terrible ! Moi, je me protège et je me défoule à travers mes dessins qui ne font que décrire les dangereux qui nous gouvernent ou nous menacent.

J'ai l'impression que nous sommes au creux de la vague, dans une sorte d'impasse. Alors, il nous reste un moyen, faire réfléchir par le rire, imposer la dérision face aux institutions. La dérision pour nous, c'est une arme. Ce n'est peut-être pas grand-chose, les révolutionnaires « purs et durs » hausseraient les épaules, mais moi, j'y crois.

Pas de limites à l'humour qui est au service de la liberté d'expression,
car là où l'humour s'arrête,
bien souvent la place est laissée à la censure ou l'autocensure.

N.B. Ce texte est un assemblage de plusieurs citations de Cabu autour du rire lors d'entretiens et d'interviews entre 1978 et 2013.

Les Personnages de Cabu

À seulement 12 ans, le jeune Jean Cabut imagine déjà une galaxie de personnages qui sont ses semblables : les copains de classe. Finalement, Cabu n'a jamais fait qu'observer avec acuité et décalage ceux qui gravitent autour de lui pour construire son propre univers. Ses planètes sont ses personnages et ils ont fini par faire partie du quotidien des Français tant ils sont des marqueurs de notre société.

Une figure de proue en guise d'autoportrait qui va à l'encontre de la bêtise qui l'entoure : c'est le Grand Duduche. Tel Cabu – et comme tout personnage de bande dessinée – il ne vieillit pas et reste accroché à ses idéaux de jeunesse, s'emportant pour des indignations que d'aucuns jugent dépassées.

Face à lui, le reste du monde, à commencer par les beaufs qui sont partout. Mais aussi les filles inaccessibles ou trop faciles, les militaires, les drogués…

On peut dire que Cabu aura souffert de toute cette bêtise. Mais il n'a eu de cesse de la pointer du doigt.

Comme se plaît à le souligner Cabu : le beauf, c'est l'autre ! Inédit, 2014

OÙ ALLEZ-VOUS CHERCHER TOUT ÇA ?
cabu

À la manière d'un Penseur de Rodin, le Grand Duduche comme parangon de la jeunesse est à rapprocher de la célèbre photo d'Yves Saint-Laurent nu, prise par Jean-Loup Sieff en 1971.
Affichette publicitaire, 1967

Le Grand Duduche

Sans doute le seul personnage positif que Cabu ait jamais créé, le Grand Duduche est le miroir de son auteur, avec son esprit potache, ses rêves d'éternel adolescent, sa liberté d'esprit, sa tendresse. C'est d'abord le portrait de copains de lycée qu'il dessinera sous le nom de Jojo dans les colonnes de *L'Union* de Châlons au début des années 50.

Duduche, c'est ce grand dadais dégingandé du fond de la classe que Goscinny a repéré dans les premières planches de Cabu pour *Pilote* et qu'il poussera à en faire un personnage à part entière.

Dès lors, son univers s'enrichit de gags, canulars et d'une galaxie de protagonistes comme le surveillant général, le concierge, les copains, le proviseur et surtout la fille du proviseur à laquelle Duduche vouera une passion désespérée.

Pré-soixante-huitard, soixante-huitard convaincu et de plus en plus engagé après les événements de Mai-68, le Grand Duduche devient le porte-parole des idéaux généreux et humanistes de Cabu. Il sera pour toujours le contradicteur de tous les beaufs, militaires et autres empêcheurs de rêver en rond.

- Dessiné de 1963 à 2015
- Parutions : *Pilote, Charlie Hebdo, Hara-Kiri, Charlie Mensuel, Le Canard enchaîné, àParis* et dans d'innombrables émissions de télévision, affiches, tracts et dédicaces.
- Albums : *Le Grand Duduche* (1967), *Il lui faudrait une bonne guerre* (1970), *L'Ennemi intérieur* (1973), *Le Grand Duduche en vacances* (1974), *Passe ton bac, on verra après* (1980) *À bas la mode !* (1981), *La Fille du proviseur* (1982), *L'Intégrale* (2008)

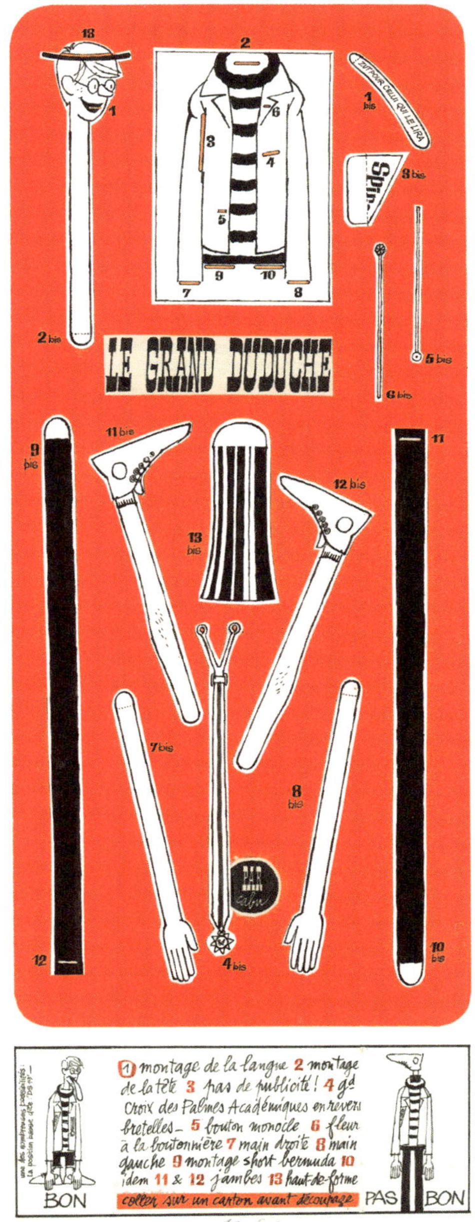

Mieux qu'une planche d'anatomie, un Grand Duduche à monter soi-même. *Pilote*, 1964

Un 1er avril célébré à sa manière par le Grand Duduche apparu quelques semaines plus tôt dans « le magazine des jeunes de l'an 2000 ». Cabu utilise un maximum de techniques pour sa première couverture dans *Pilote* : feutre, stylo Bille, aquarelle, crayon gras, encre de Chine. *Pilote*, 1963

ça commence bien !
CALENDRIER DROLATIQUE
DU GRAND DUDUCHE
— Duduche ! v'serez collé ! "Se mouche bruyamment en pleine étude et sans mouchoir !"
12
1964
FLOC
(Tant pis, je vais échanger mon stylo contre un mouchoir) — J'peux demander un renseignement, M'sieur ? — Non ! Assis !
FLOC
— Pas de mouchoir encore aujourd'hui cet idiot d'externe a la grippe !
St GUILLAUME
10
1964
— Eh ! l'Externe ! Tu pourrais pas me ramener un mouchoir demain ?
JULIEN
9
1964
— Sans mon rhume, j'aurai choisi pour Reine la fille du Principal plutôt que la concierge...
6
JANVIER
ÉPIPHANIE
1964
— Votre copie est un véritable torchon ! Recommencez-moi votre devoir !
7
JANVIER
1964
— Eh bien ! reniflez maintenant... espèce de grande cigale !
St LUCIEN
8
1964
JANVIER
cabu

Pilote, 1964

Une réforme de l'Éducation nationale
par le Grand Duduche.
Pilote, 1966

Tout l'esprit du Grand Duduche (et de Cabu ?)
dans cet autoportrait en quatre clichés.
1981

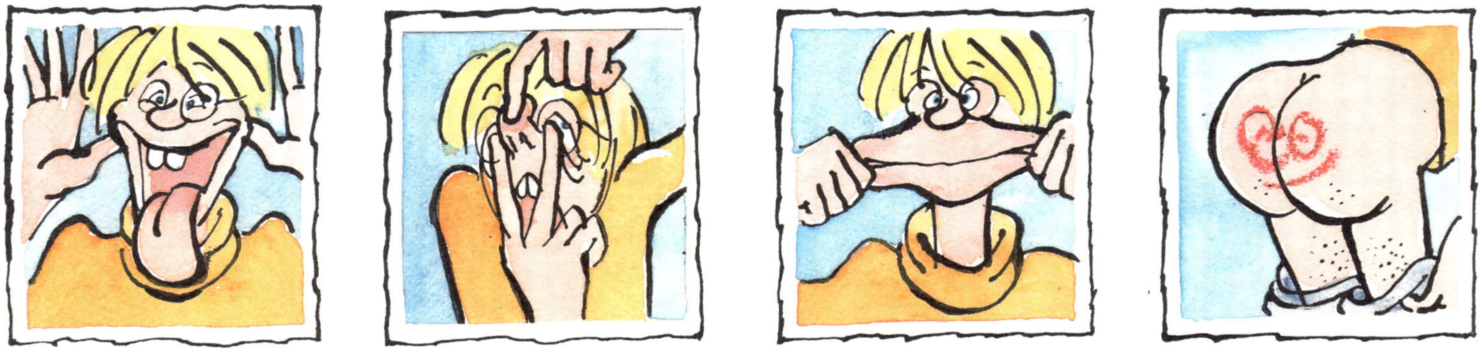

La publicité à la Télévision serait-parait-il-une panacée pour cet organisme... À quand la publicité au Lycée ?.. Duduche a fait une maquette...
LE DENTIFRICE À LA MOLÉCULATION EN CHAINE PRÉSENTE
POUR VOS COPIES BLANCHES RIEN NE VAUT L'EXAMEN-FENETRE
LOTION AFTER SHAVE
POUR NE PAS VOUS FAIRE REPÉRER AVEC LA FUMÉE... CHIQUEZ ! MAIS AVEC DU TABAC PLAN
LE TABAC PLAN A REÇU LE TROPHÉE DU BON GOÛT FRANÇAIS
ÊTES-VOUS BIEN SÛR DE NE PAS GÊNER VOTRE ENTOURAGE ? ... Désodorisant corporel CORPORIL
TOUS LES 15 ANS UN BOUCHON DE CHAMPAGNE SAUTE DANS UN LYCÉE (C'EST PAS BEAUCOUP)
GNAGNAGNA le petit déjeuner qui donne du RESSORT !
REMONTE TA MÈCHE ET TES CHAUSSETTES
OFFERT PAR CLAQUEMÈRE LA SECONDE MAMAN
GNAGNAGNA LE PETIT DÉJEUNER COMPLET contre le "coup de pompe" de 11 heures
UN CADEAU DANS CHAQUE PAQUET DE COPIES !
PLUS BLANC
ENCORE PLUS BLANC
CONTRE LA CHUTE DES CHEVEUX LE PÉTROLANNE
CONTRE LA CHUTE DES CHEVEUX LE VRAI BERET BASQUE
UNE VERSION LATINE ?
ouf ! merci Machepro
UN PROBLÈME DE TRIG
ouf ! merci Machepro
UNE DISSERTATION ?
rci Machepro !
UNE RÉFORME DE L'ENSEIGNEMENT ?
ouf ! merci Machepro !
ÇA C'EST DU MEUBLE
Si NUSITE M'ÉTAIT CONTÉ... JE PRENDRAIS DES GOUTTES DANS LE NEZ
EXIGEZ LE BERET BASQUE "CHAUD 20" FOURNISSEUR EXCLUSIF DES JEUX OLYMPIQUES D'HIVER
MERCI M. SÉLAGO
MERCI M. SÉLAGO
MERCI M. SÉLAGO
MERCI M. SÉLAGO
MERCI M. SÉLAGO
MERCI M. SÉLAGO
MERCI M. SÉLAGO
MERCI M. SÉLAGO

Une fois de plus, le talent de Cabu s'affiche par son côté visionnaire.
Pilote, 1967

Le bizutage, depuis toujours dénoncé par le Grand Duduche.
Pilote, 1963

Charlie Hebdo, 1979

Les soixante-huitards : un des accrocs de l'Histoire…
Charlie Hebdo, 1972

La télésurveillance n'a pas attendu « 1984 »
pour mettre Duduche en colère !
Pilote

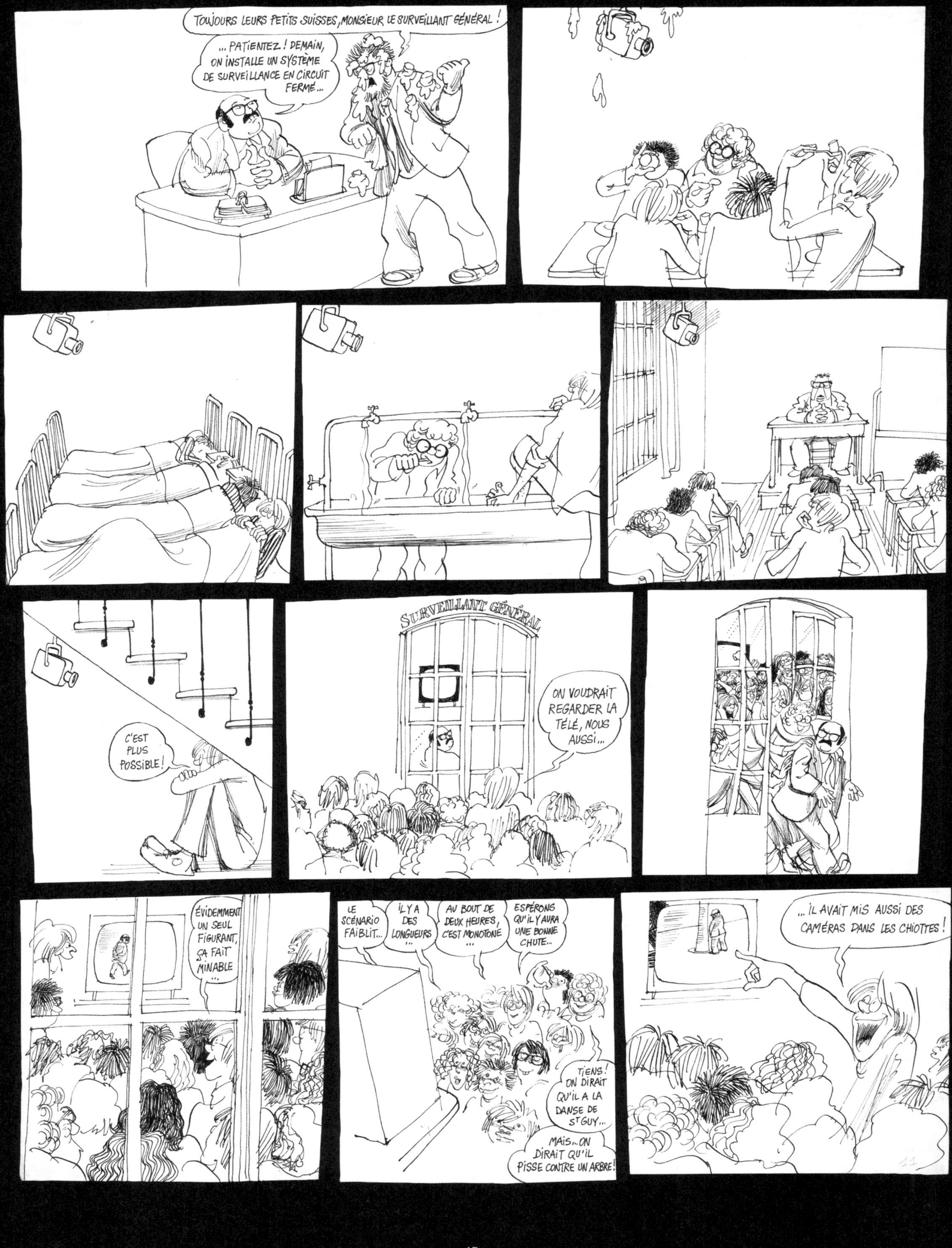
TOUJOURS LEURS PETITS SUISSES, MONSIEUR LE SURVEILLANT GÉNÉRAL !
... PATIENTEZ ! DEMAIN, ON INSTALLE UN SYSTÈME DE SURVEILLANCE EN CIRCUIT FERMÉ...
C'EST PLUS POSSIBLE !
SURVEILLANT GÉNÉRAL
ON VOUDRAIT REGARDER LA TÉLÉ, NOUS AUSSI...
ÉVIDEMMENT UN SEUL FIGURANT, ÇA FAIT MINABLE...
LE SCÉNARIO FAIBLIT...
IL Y A DES LONGUEURS...
AU BOUT DE DEUX HEURES, C'EST MONOTONE...
ESPÉRONS QU'IL Y AURA UNE BONNE CHUTE...
TIENS ! ON DIRAIT QU'IL A LA DANSE DE St GUY...
MAIS... ON DIRAIT QU'IL PISSE CONTRE UN ARBRE !
... IL AVAIT MIS AUSSI DES CAMÉRAS DANS LES CHIOTTES !

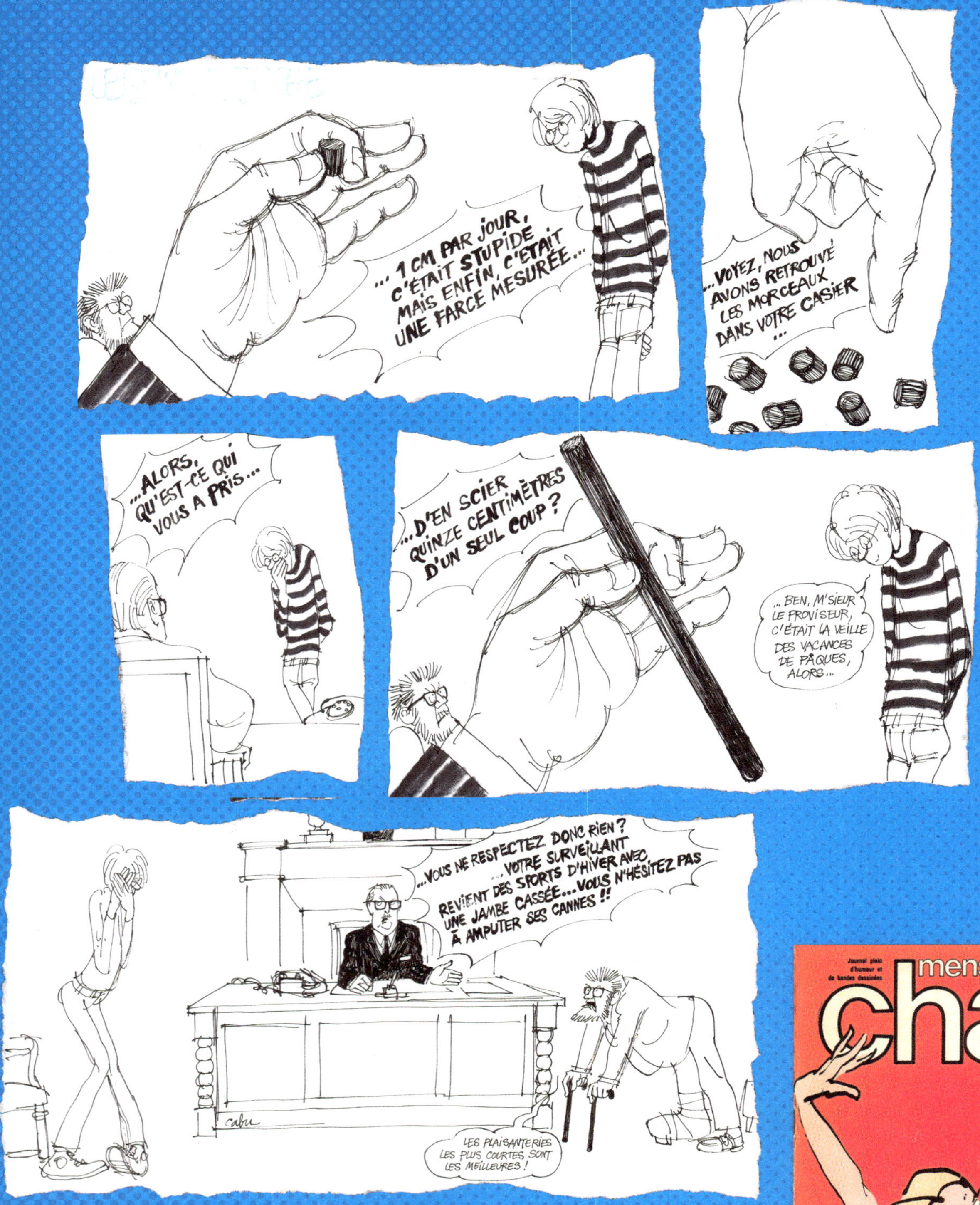

Dans cette planche à l'humour potache, vraiment potache, Cabu fait sortir la bande dessinée de sa case rectiligne : lui qui ne s'est jamais considéré comme un auteur de BD l'a pourtant fait évoluer à sa manière.
Pilote, 1969

Dans *Charlie Mensuel*, lecture pour les jeunes devenus adultes, le Grand Duduche se dévergonde un peu plus que dans *Pilote*.
Couverture
Charlie Mensuel, 1978

Rester fidèle à ses valeurs en toutes circonstances impose quelques sacrifices.
Charlie Mensuel, 1978

À consommer avec modération, 1989

Le Beauf

« Le Beauf a pour lui tout ce que l'imbécile standard a spontanément : il est tout naturellement raciste, chauvin, braillard, roublard, lâche, sournois, tricheur, sexiste, salace, ancien combattant qui en redemande, supporter sportif, chasseur, pêcheur à la ligne, afficionado… Il ne se drogue pas, lui, il picole. » (Cavanna).

Le Beauf représente tout ce que Cabu déteste : pétri de certitudes, rétrograde voire réactionnaire, chauvin, vulgaire, moutonnier, chantre des lieux communs, phallocrate, raciste, etc. « Il a l'assurance de l'imbécile qui piétine la délicatesse » (Philippe Val). C'est l'anti-Duduche par excellence auquel son auteur le confronte régulièrement.

Durant près de 40 ans d'observation, Cabu a dessiné des générations de beaufs : le premier est né dans un café de Châlons. Mais il a été aussi bien contremaître dans une usine d'armement que bistrotier, petit commerçant, taxi, etc. Quelques années plus tard, Cabu agrandit la famille avec le nouveau Beauf qui travaille dans la communication. Fin 2014, apparaît le fils du Beauf qui bosse dans l'événementiel. Bref, on n'a pas fini d'en croiser !

- Dessiné de 1973 à 2015
- Parutions : *Charlie Hebdo, Hara-Kiri, La Grosse Bertha, Le Canard enchaîné*
- Albums : *Mon Beauf* (1976), *La France des beaufs* (1979), *Camille-le-Camé contre mon Beauf* (1981), *Rôti de beauf* (1985), *À consommer avec modération* (1989), *Grossesse nerveuse* (1995), *Être ou ne pas être beauf ?* (2007), *La nouvelle France des beaufs* (2012), *L'Intégrale Beauf* (2014), *Intégrale Nouveau Beauf* (2015)

BEAUF [bof] n. m. — Abrév. de *beau-frère*. Familier.

♦ **1.** Beau-frère. *C'est son beauf.*

♦ **2.** (D'après une bande dessinée de Cabu). Type du petit bourgeois aux idées étroites, conservateur et phallocrate.

Beauf (le) : avec moustaches et un maillot de corps, avant d'enfiler son survêtement. A complètement éliminé la belle doche. Jacques Merlino, les Jargonautes, p193

Le « Beauf » entre dans le dictionnaire.
Le Petit Robert, 1985

Le Beauf + le nouveau Beauf + le fils du Beauf = une bien belle lignée !

Universel certes, mais directement inspiré des rencontres de Cabu depuis son enfance à Châlons !
Télé Poche, 1996

CAFÉ DU MARCHÉ
LE PROFIL ATHLÉTIQUE DU CAFETIER DU MARCHÉ DE CHÂLONS-SUR-MARNE...
LES YEUX BORDÉS DE JAMBON DU PION LE PLUS INTELLO DU LYCÉE D'ÉPERNAY...
LA CULTURE OENOLOGIQUE D'UN ADJUDANT DU 137e R.I...
LE RAISONNEMENT LUMINEUX DE JACQUES MÉDECIN
ALLEZ FRANCE
LA COUPEROSE ARTISTIQUE D'UN PROF DE L'ÉCOLE ESTIENNE
... ET LA VIVACITÉ D'UN COURSIER DE TÉLÉ-POCHE !
PORTRAIT-ROBOT DU BEAUF UNIVERSEL
URGENT
cabu

Pages de garde, réalisées sans trucage. *Mon beauf*, 1976

Mon premier loto de l'année
Cabu aime que ses différents personnages se croisent au gré des strips. Il faut bien un Grand Duduche pour affronter la bêtise du Beauf.
Le Canard enchaîné, 2000

Ces dessins étaient banc-titrés et joués par des comédiens pour être diffusés dans une rubrique partagée avec Siné et Loup dans la sulfureuse émission « Droit de Réponse », de Michel Polac.
« Rebuts de presse », TF1, 1986

Calendrier *Hara-Kiri*, 1978

« Guerre des sexes : mon Beauf est résigné »
Le Canard enchaîné, 1984

Le Canard enchaîné, 1983

La relation naturelle Beauf-Le Pen : à prendre pour argent comptant. 1988

Émission « La vie en face », FR3, 1984

Sculpture de Philippe Mougey (né en 1969), 2006

Faut-il aider le tiers-monde ?
Le Canard enchaîné, 1984

Le moral des nouveaux Beaufs est au beau fixe
Le « nouveau Beauf » devient un nouveau personnage de Cabu à partir de 1994. Il arbore ce qui fait le prestige de l'époque : barbe de trois jours, catogan et idées reçues.
Le Canard enchaîné, 1998

Le langage des tatouages
Charlie Hebdo, 2009

N'oublions pas que le Beauf a aussi une épouse, et même une veuve !
Le Canard enchaîné, 1990

Les nouveaux Beaufs sont pour la réduction du temps de travail.
Un beauf, c'est néfaste au travail comme à la maison.
Le Canard enchaîné, 2000

Printemps et nouveaux Beaufs : le rappel des abstentionnistes au 1er tour
Cabu lui-même avait beau passer beaucoup de temps aux terrasses en « observation scientifique », il n'oubliait jamais d'aller voter.
Le Canard enchaîné, 2004

Le Canard enchaîné, 1984

Le beauf, c'est toujours l'autre.
1998

Le fils du Beauf, agent du MEDEF
Apparu en octobre 2014, le fils du Beauf est la troisième « génération » du personnage qui cumule bien des qualités dont celle de travailler dans l'événementiel. Il s'agit de l'ultime bande publiée par Cabu le jour de son assassinat.
Le Canard enchaîné, 7 janvier 2015

À l'instar du film de René Clair de 1952, ces sorcières sont comme des muses pour Marie-la-Lune, mystérieuse clocharde…
L'Union, 1960

L'Union, 1960

Marie la Lune

Marie-la-Lune est une personnalité de la vie des rues de Châlons : clocharde céleste qui ramasse et recycle tout, Cabu la croque avec tendresse dans une dizaine de dessins dans les colonnes du journal local, *L'Union*. Après son agression par des gamins du quartier la pensant enrichie suite à la parution des dessins, Cabu interrompt définitivement sa série de gags sur l'un de ses premiers personnages.

On la retrouvera dans les petites vieilles qu'il dessinera tout au long de sa carrière, telle une figure emblématique de la province de son enfance.

- Dessinée en 1960
- Parution : *L'Union* de Châlons

À l'occasion de l'élection de Miss Châlons, Jean Cabut et son complice Georges Schmitt confectionnent et posent pendant la nuit des affiches incitant à voter pour la fameuse clocharde.
L'Union, 1960

L'endurance
Monseigneur se fait expliquer chaque mouvement. Un calvaire comme l'évêque aimerait en voir plus souvent.
Hara-Kiri, 1962.

Inaugurées fin 1961, les aventures de Catherine puisent leurs sources dans les récits que Marie-Thérèse, la sœur de Cabu, lui envoie régulièrement tandis qu'il est appelé en Algérie. À sa manière, Cabu raconte le quotidien terrible de pensionnaires tentant d'échapper à la tyrannie des bonnes sœurs, mais découvrant avec délice les tourments de l'adolescence.

- Dessinée de 1961 à 1966
- Parutions : *Hara-Kiri*, *Le Baladin de Paris*
- Album : *Le Journal de Catherine* (1971)

Catherine du pensionnat des Oiseaux

Dans le contrat liant les éditions du Square aux éditions Dargaud est imposée la réédition colorisée à 50 % de plusieurs albums de Cabu.
Couverture
Le Journal de Catherine, 1982

Les aventures de la pensionnaire étaient censées paraître en 1966 : tout était prêt, mais faute d'argent, l'édition est repoussée à… 1971 dans un format différent et pour lequel Cabu crée une nouvelle couverture d'après un dessin de 1962.
Le Journal de Catherine
Essai de couverture, 1971

Double page suivante
Publié une première fois dans *Hara-Kiri*, ce dessin orne les pages de garde de l'édition du *Journal de Catherine* de 1971. On y apprécie la volonté de casser les codes de la bande dessinée et du dessin de presse, jouant des lignes et des blancs de la page… pour n'en laisser guère et plonger le lecteur directement dans le fameux journal intime de la petite pensionnaire.
Hara-Kiri, 1961

Merci monsieur Ségalot ça c'est du meuble. (x...)
En cas d'alerte atomique, j'emporterai avec moi ce journal intime, avec au fond de moi, l'espérance qu'il deviendra peut-être un jour un témoignage, un document pour les générations futures, sur ce qu'étaient les Institutions de Jeunes Filles. Dans mon bouquin d'histoire, on peut lire : « les institutions de l'ancien régime étaient fondées sur l'arbitraire »
177 au jus
lundi : Réunion du comité "Kermesse" Lecture du rapport moral, 1 diz. de chapelet et lecture du rapport financier. L'an dernier ce fut catastrophique. Mère Marie-de-la-Dune rappela qu'on avait pourtant présenté un spectacle de ballet en attraction. Je fis remarquer qu'on fait rarement de bons spectacles avec de bons sentiments. Je suggérai un gala de catch pour l'an prochain. "Faites venir l'Ange Blanc" et vous verrez la recette" Mère Marie-de-la-Dune refusa de porter ma proposition au vote.
Vendredi - maigre. Vu le chat des cuisines - aussi maigre que pendant le dernier carême...
mardi : Zut, j'ai un gros bouton sur le nez
196 au jus
Reçu une lettre de Marie-Thérèse qui est à la pension Jeanne d'Arc - d'une ... les ... paire ...
à midi on a mangé des pommes de terre en salade ! au hachis parmentier et des pommes au four comme dessert
Avec toutes ces patates et toujours assise, j'ai les fesses molles et l'estomac ...
Scandale hier soir au dortoir. Marie-Christine parlait tout haut en dormant. Elle disait : Jean-Pierre, Jean-Pierre, Jean...
dimanche j'ai quêté à la chapelle. J'aime bien quêter, cela m'évite d'y mettre quelquechose moi-même...
198 au jus
le Journal de Catherine
Il paraît qu'on n'a pas besoin d'abri anti-atomique aux Oiseaux. Mère Jésus-Marie-Joseph nous a raconté qu'elle connaissait l'entrée d'un souterrain qui reliait autrefois le couvent des Oiseaux à un couvent de dominicains (aujourd'hui le collège de garçons) Il fut muré à la suite de je ne sais quel évènement : Mère Jésus-Marie-Joseph ne nous en a pas dit davantage...
mercredi
Marie-Christine a de grosses inquiétudes que la visite médicale de mardi n'a pas dissipées. Elle a questionné Mère Immaculée Conception au sujet de ce que vous savez. Mais de toute façon, elle ne sera pas renvoyée, même en prévoyant le pire : son père est un membre bienfaiteur de l'Institution. Il est très riche. Dans ma classe il y a aussi la fille de M. Felix Potin, elle fait les 400 coups mais son paternel est un grand donateur, ce qui explique qu'elle est toujours là, et aussi que nous, nous mangeons tellement de conserves...
les bonnes manières :
CROTTE
la révérence
194 au jus
Mère Marie-Madeleine a la mauvaise habitude de venir nous border le soir au dortoir... et de nous embrasser : elle pique ! "voyons, ma mère de gardez ce teint jeune fille !"
cabu
Samedi : Au réfectoire, Mère Supérieure nous annonce une bonne nouvelle au sujet des subventions. Demain dimanche, il y aura un Te Deum à la chapelle. Ici, tout se termine par des cantiques...

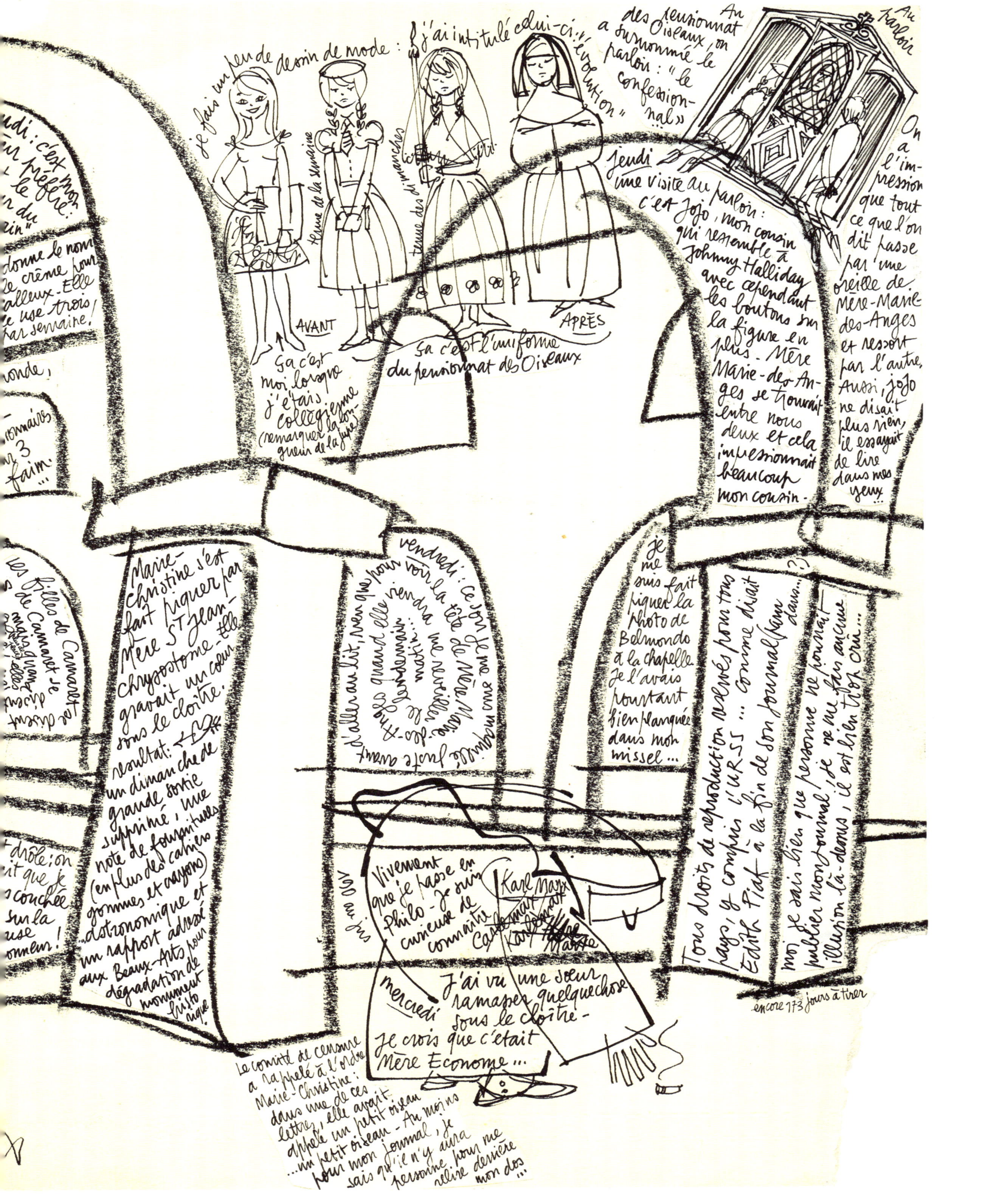
je fais un peu de dessin de mode : j'ai intitulé celui-ci : « l'évolution »
tenue de la semaine
tenue des dimanches
AVANT
APRÈS
Ça c'est moi lorsque j'étais collégienne (remarquer la longueur de la jupe)
Ça c'est l'uniforme du pensionnat des Oiseaux
Au pensionnat des Oiseaux, on a surnommé le parloir : « le confessionnal »...
Au parloir
Jeudi une visite au parloir : c'est Jojo, mon cousin qui ressemble à Johnny Halliday avec cependant les boutons sur la figure en plus. Mère Marie-des-Anges se tenait entre nous deux et cela impressionnait beaucoup mon cousin.
On a l'impression que tout ce que l'on dit passe par une oreille de Mère-Marie-des-Anges et ressort par l'autre. Aussi, Jojo ne disait plus rien, il essayait de lire dans mes yeux...
...di : c'est mon ... préféré : ... le ... du ...in"
... donne le nom ... crème pour ... alleux. Elle ... use trois ... par semaine !
...onde,
...ommaires ... 3 ... faim...
Les filles de Camaret se disent
Marie-Christine s'est fait piquer par Mère St Jean-Chrysostome. Elle gravait un cœur sous le cloître. Résultat : un dimanche de grande sortie supprimé, une note de fournitures (en plus des cahiers gommes et crayons) astronomique et un rapport adressé aux Beaux-Arts pour dégradation de monument historique
vendredi : ce soir je me suis maquillée juste avant d'aller au lit, rien que pour voir la tête de Mère Marie-des-Anges quand elle viendra me réveiller le lendemain matin...
Je me suis fait piquer la photo de Belmondo à la chapelle. Je l'avais pourtant bien planquée dans mon missel...
Tous droits de reproduction réservés pour tous pays, y compris l'URSS... comme disait Edith Piaf à la fin de son journal (dans...)
Moi je sais bien que personne ne pourrait publier mon journal, je ne me fais aucune illusion là-dessus, il est bien trop cru...
encore 173 jours à tirer
... drôle : on ... que je ... couchée sur la ... honneur !
Vivement que je passe en Philo. Je suis curieuse de connaître Karl Marx
mercredi J'ai vu une sœur ramasser quelquechose sous le cloître. Je crois que c'était Mère Econome...
Le comité de censure a rappelé à l'ordre Marie-Christine : dans une de ces lettres, elle avait appelé un petit oiseau ...un petit oiseau. Au moins pour mon journal, je sais qu'il n'y aura personne pour me relire derrière mon dos

La fille du proviseur

S'il y eut d'abord la fille du colonel dans les planches créées en 1959 dans *Bled*, le journal des appelés en Algérie, Cabu a rapidement retranscrit le personnage au lycée du Grand Duduche : disons-le franchement, il l'avait connue dès ses années au lycée d'Épernay ! Inaccessible et pourtant si proche, elle offre au Grand Duduche un amour désespéré et sempiternel.

- Dessinée entre 1963 et 1982
- Parutions : *Pilote, Charlie Hebdo*
- Album : *Le Grand Duduche et la fille du proviseur* (1982)

Pilote, 1963

Une pleine page dans *Pilote* qui permet de retrouver tous les personnages du lycée du Grand Duduche dans un formidable contrechamp par rapport au dessin précédent.
Pilote, 1967

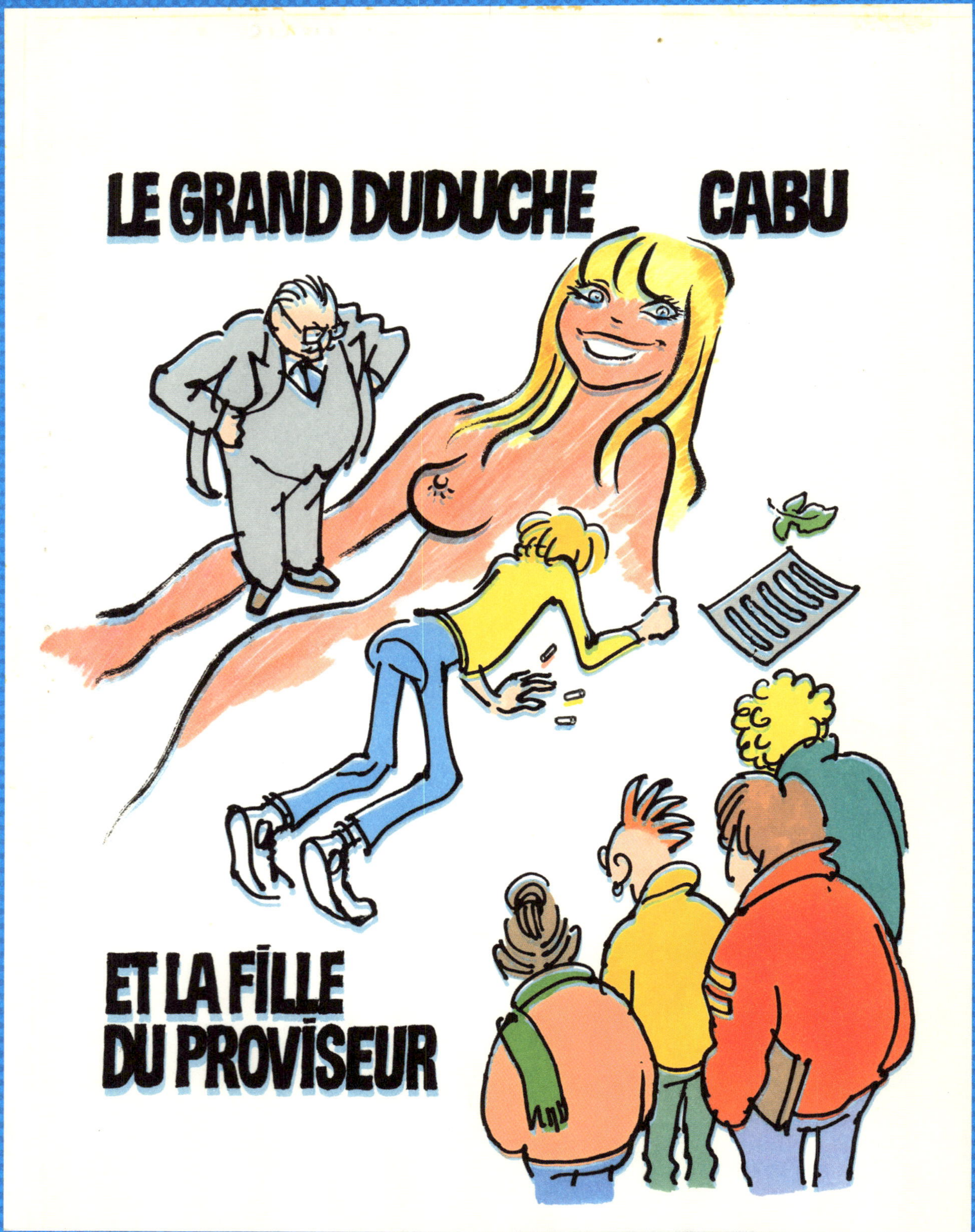

Le Grand Duduche et la fille du proviseur
Dessin original de la couverture
Dargaud, 1982

Qui a dit que les héros de bande dessinée ne vieillissent jamais ?
Charlie Hebdo, 2013

En 1994, Cabu regroupe les aventures de son anti-héros dans un ouvrage au format d'un livret militaire – vengeance ultime.
Adjudant Kronenbourg, 1994

Une des premières apparitions « officielles » de l'adjudant Kro-Kro
Charlie Hebdo, 1977

Page de droite :
L'adjudant Kronenbourg et mon Beauf étudient les propositions de George Bush
Une fois encore, Cabu fait se croiser ses différents personnages aux destins si divers mais aux opinions parfois si proches.
Le Canard enchaîné, 1990

Devant les jeunes appelés, il est fondamental de donner une bonne image de l'armée.
Charlie Hebdo, 1979

Adjudant Kronenbourg

Depuis la Guerre d'Algérie où il était appelé du contingent, Cabu garde une rancœur tenace contre les militaires. Qui le lui rendent bien, avec six procès intentés contre le caricaturiste. Tous perdus, sauf un ! L'adjudant Kronenbourg naît au moment où sort l'album *À bas toutes les armées !* Bêtise, budget de l'armée exponentiel, course à l'armement, racisme, colonialisme attardé… c'est fou le nombre de thèmes profonds que Cabu peut aborder avec un type aussi bête !

- Dessiné de 1977 à 2014
- Parutions : *Charlie Hebdo, Le Canard enchaîné*
- Albums : *À bas toutes les armées* (tome 2), *Adjudant Kronenbourg,* 1993

Dans cet album qui compare la vie des drogués à celle des non-drogués, Cabu confronte deux univers via deux de ses personnages. Il prévient : « Ils font les mêmes conneries : match nul ! »
Camille-le-Camé contre mon Beauf, Dessin original de la couverture, Albin Michel - Le Square, 1980

La prévention chez les drogués
C'est bien connu : tout commence par une bonne éducation.
Camille-le-Camé contre mon Beauf, 1980

cure de désintoxication chez les drogués

Camille-le-Camé

Anarcho-punk, à l'image des Londoniens à iroquoise qu'il avait dessinés lors d'un reportage en 1977, Camille-le-camé est celui qui n'a plus rien à perdre et se fout de tout. Tellement drogué, tellement paumé qu'il ne se rend pas compte qu'il est aussi néfaste que les beaufs eux aussi dénoncés par Cabu. C'est la bataille de la connerie contre la bêtise…

- Dessiné de 1979 à 1980
- Parutions : *Charlie Mensuel, (À suivre…)*
- Album : *Camille-le-Camé contre mon Beauf* (1980)

Les mécanismes du financement de la drogue résumés en une planche.
Camille-le-Camé contre mon Beauf, 1980

Pariscope, 1972

Charlie Mensuel, 1973

Catherine saute-au-paf

La petite Catherine du pensionnat des Oiseaux a bien (ou mal) grandi. Elle s'est surtout libérée, prête à affronter les phallocrates avec une sexualité exaltée, un brin perverse mais surtout une personnalité affirmée. Elle apparaît tout d'abord sous le suggestif prénom de Nymphette dans *Pariscope* et s'épanouit dans des aventures nettement plus dévergondées à *Charlie Mensuel*.

- Dessinée de 1971 à 1979
- Parutions : *Pariscope, Charlie Mensuel*
- Albums : *Catherine saute-au-paf !* (1978)

Alors que la loi sur l'IVG vient d'être votée au Parlement, Cabu signe une planche dédiée aux méthodes de contraception à proposer aux deux sexes.
Charlie Mensuel, 1975

Page suivante
La solution au désert médical : les transports en commun.
Charlie Mensuel, 1973

JE NE SUIS PAS TRÈS DOUÉE...
DÉPISTAGE DU CANCER DU SEIN
JE CONNAIS UN TOUBIB QUI FAIT DU DÉPISTAGE DANS UN CENTRE DE MÉDECINE DE GROUPE...
MAIS QUAND ON CHERCHE UN SPÉCIALISTE DES GLANDES MAMMAIRES...
...ON TOMBE SUR UN SPÉCIALISTE DU RECTUM ET DE L'UTÉRUS...
...OU CHOSE ENCORE PLUS RARE... UN OTORHINO-LARYNGOLOGISTE !

Le fameux nez de Dorothée donnera son nom à un album de planches gags, désacralisant l'idole des enfants, mais la rendant cependant toujours plus attachante.
Le Nez de Dorothée, 1986

Dorothée

Plus qu'une collègue de travail, plus qu'une complice, Dorothée est carrément devenue un personnage à part entière dans l'œuvre de Cabu tant il l'a dessinée des centaines de fois – et rarement pour ne pas s'en moquer tendrement. Après l'aventure interactive en direct de « Maraboud'Ficelle » initiée par William Leymergie, et qui ne devait durer que quelques semaines, Cabu va rester à l'écran et passer près de 10 ans à s'amuser comme un gamin dans l'émission pour enfants « Récré A2 », sans jamais renier ses valeurs ni une volonté de traiter son public avec humour et intelligence. Et surtout, Cabu va donner envie de dessiner à une génération entière de jeunes téléspectateurs, toujours plus ravis de s'essayer à la caricature. Le nez de Dorothée est désormais au moins aussi célèbre que celui de Cléopâtre !

- Dessinée de 1978 à 1986
- « Récré A2 », Antenne 2
- Album : *Le Nez de Dorothée* (1986, 2015)

Comme le Grand Duduche, Dorothée préfère l'école buissonnière.
« Récré A2 », 1984

Le chanteur Corbier,
complice de Dorothée
à l'écran, a composé un refrain sur
l'appendice nasal
de la vedette télé.
Plus qu'un nez, c'est un tube !
« Récré A2 », 1986

En toutes circonstances, Dorothée est accompagnée de son chien Roxan.
« Récré A2 », 1986

Plusieurs fois, Cabu s'amusera à retracer la vie, la carrière ou la généalogie de Dorothée.
« Récré A2 », 1983

Clark Gable et Dorothée, dans une posture rappelant l'affiche du film *Autant en emporte le vent*, 1939
« Récré A2 », 1985

Gag inépuisable…
« Récré A2 », 1984

Gag valable en toutes saisons.
« Récré A2 », 1985

La plupart des dessins de Cabu pour l'émission de Dorothée sont réalisés ou finalisés en direct et sont sur le même format de papier Canson jaune, afin de bien « passer » à la télévision.
« Récré A2 », 1983

Jacky, Dorothée et Cabu.
Chaque fois que Cabu se moque du nez de Dorothée, il n'est pas à l'abri d'une vengeance.
« Récré A2 », 1985

Dorothée, un personnage hors norme !
Le Nez de Dorothée, 1986

Un bien beau couple !...
Un dessin qui vaudra de nombreux courriers de jeunes téléspectateurs.
« Récré A2 », 1986

La France de Cabu

« Daumier du XXe siècle », « Balzac du dessin de presse »… Quelles que soient les comparaisons, Cabu est un chroniqueur infatigable de la société française qu'il connaît bien pour l'avoir dévisagée, scrutée dans ses moindres détails pendant plus de soixante ans de carrière.

Les élans nationaux sont faits pour être dézingués, les faiblesses pour être mises au grand jour, les coups bas pour être révélés. En véritable journaliste, à travers ses reportages dessinés ou ses dessins satiriques, Cabu met en lumière tout ce que l'on glisse sous l'étendard tricolore dont se drapent les plus chauvins, aveuglés par leur orgueil. Et toujours avec un humour qui fait mouche dans l'instant et bien souvent avec un talent visionnaire époustouflant.

Hara-Kiri, 1962

Contre nous de la tyranni-ie
l'étendard sanglant est levé
l'étendard sanglant
est levé...

Sobre, pratique et de bon goût ...
au palais de justice
allons enfants de la Patri-ie le jour de gloire est arrivé ...
dans le métro
RÉPUBLIQUE
ISERIES
Contre nous de la tyranni-ie! l'étendard sanglant est levé l'étendard sanglant est levé ...
dans un banquet d'anciens combattants
entendez-vous dans nos campagnes mu-gir ces féroces soldats (*)
sur scène
ils viennent jusque dans nos bras égorger nos fils et nos campagnes
aux armes! citoyens
LA MARSEILLAISE
au poteau d'exécution
cabu
en toutes circon-stances ...
chantez la Marseillaise!
depuis 1792

Cabu prend un malin plaisir à être pédagogue sur cette question de la régionalisation et du choc des générations en cette fin des années 60. *Hara-Kiri Hebdo*, 1969

La Société

Réalisé lors d'un reportage à Villejuif dans l'émission d'Alfonsi et Pesnot, où se croisent les regards artistiques d'un réalisateur, d'un photographe et d'un dessinateur. « Je faisais des dessins contre le tabac. Je les montrais au malade qui était dans son lit, atteint du cancer du fumeur, qui n'en avait plus pour longtemps en général. Si ça le faisait rire, on passait le dessin », dit Cabu (cité in *Cabu, une vie de dessinateur*, J.-L. Porquet, 2018). Émission « La Vie en face », FR3, 1983

Hara-Kiri, 1962

Charlie Hebdo, 2011

Le Canard enchaîné, 2013

L'accident ferroviaire de Brétigny-sur-Orge a lieu au tout début des vacances.
Charlie Hebdo, 2013

Quand la télé-réalité retrouve pied avec la réalité.
Le Canard enchaîné, 2002

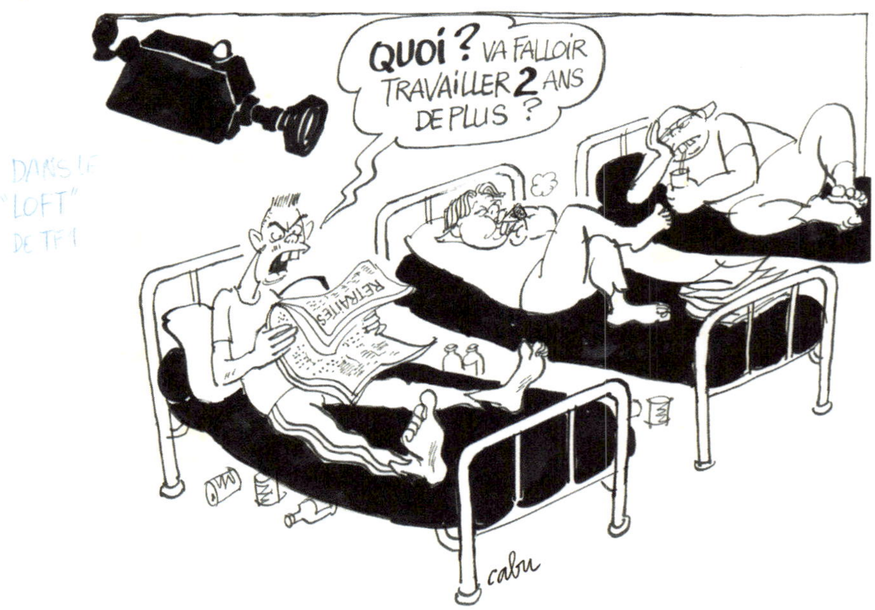

Cabu connaît bien le réseau ferroviaire français puisqu'il l'utilise fréquemment pour faire ses reportages dessinés sur le terrain.
La Gueule ouverte, 1973

Double page suivante
Les lieux ont changé (notamment la flèche de Notre-Dame) ; certaines blagues ont un peu vieilli ; mais les problèmes de l'Assistance publique n'ont guère changé.
Charlie Hebdo, 1976

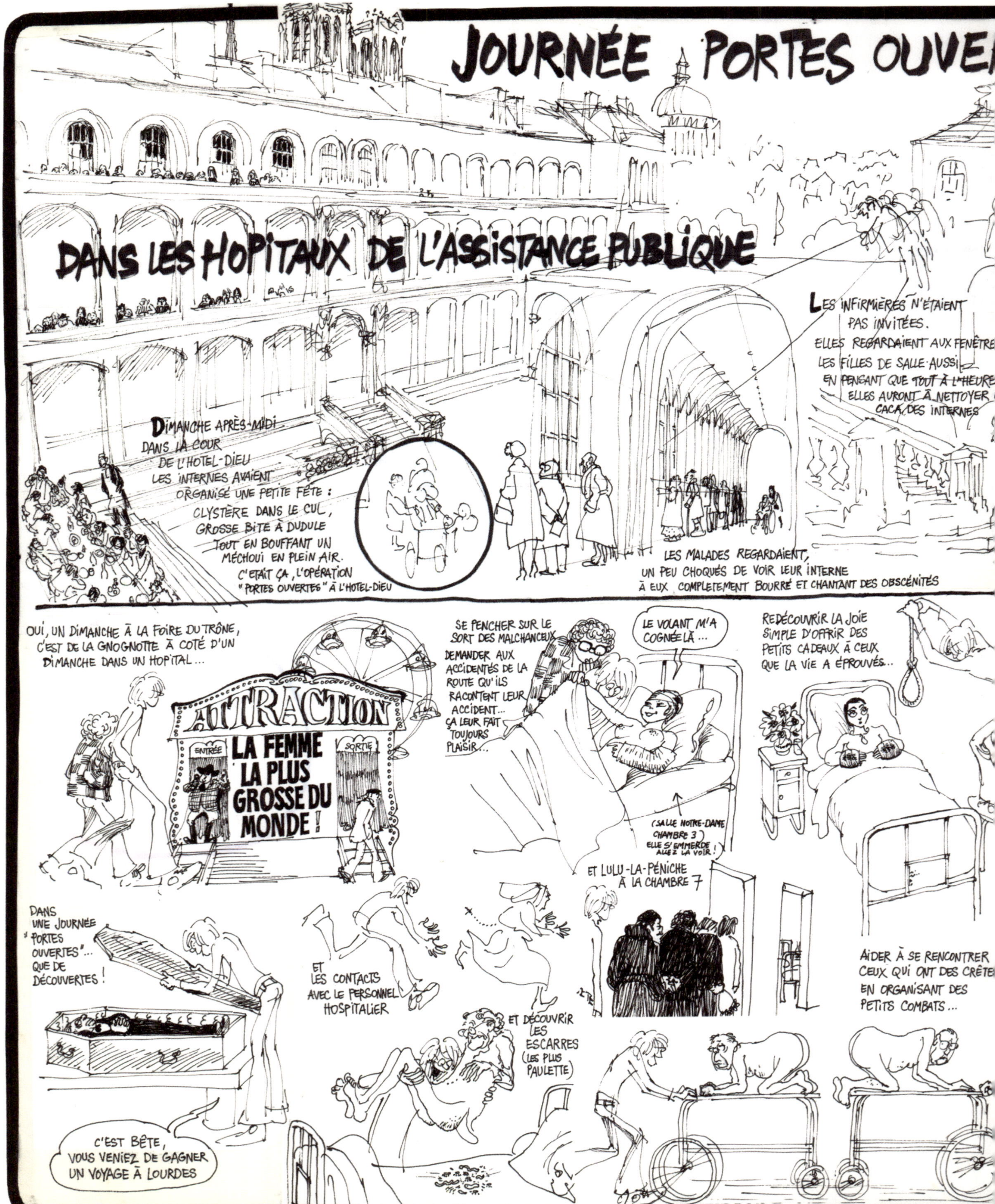

JOURNÉE PORTES OUVER
DANS LES HOPITAUX DE L'ASSISTANCE PUBLIQUE
DIMANCHE APRÈS-MIDI DANS LA COUR DE L'HOTEL-DIEU LES INTERNES AVAIENT ORGANISÉ UNE PETITE FÊTE : CLYSTÈRE DANS LE CUL, GROSSE BITE À DUDULE TOUT EN BOUFFANT UN MÉCHOUI EN PLEIN AIR. C'ÉTAIT ÇA, L'OPÉRATION "PORTES OUVERTES" À L'HOTEL-DIEU
LES MALADES REGARDAIENT, UN PEU CHOQUÉS DE VOIR LEUR INTERNE À EUX COMPLETEMENT BOURRÉ ET CHANTANT DES OBSCÉNITÉS
LES INFIRMIÈRES N'ÉTAIENT PAS INVITÉES. ELLES REGARDAIENT AUX FENÊTRE LES FILLES DE SALLE AUSSI EN PENSANT QUE TOUT À L'HEURE ELLES AURONT À NETTOYER CACA DES INTERNES
OUI, UN DIMANCHE À LA FOIRE DU TRÔNE, C'EST DE LA GNOGNOTTE À COTÉ D'UN DIMANCHE DANS UN HOPITAL...
ATTRACTION
ENTRÉE
SORTIE
LA FEMME LA PLUS GROSSE DU MONDE !
SE PENCHER SUR LE SORT DES MALCHANCEUX
DEMANDER AUX ACCIDENTÉS DE LA ROUTE QU'ILS RACONTENT LEUR ACCIDENT... ÇA LEUR FAIT TOUJOURS PLAISIR...
LE VOLANT M'A COGNÉE LÀ...
(SALLE NOTRE-DAME CHAMBRE 3) ELLE S'EMMERDE ALLEZ LA VOIR !
REDÉCOUVRIR LA JOIE SIMPLE D'OFFRIR DES PETITS CADEAUX À CEUX QUE LA VIE A ÉPROUVÉS...
DANS UNE JOURNÉE "PORTES OUVERTES"... QUE DE DÉCOUVERTES !
ET LES CONTACTS AVEC LE PERSONNEL HOSPITALIER
ET LULU-LA-PÉNICHE À LA CHAMBRE 7
AIDER À SE RENCONTRER CEUX QUI ONT DES CRÊTE EN ORGANISANT DES PETITS COMBATS...
ET DÉCOUVRIR LES ESCARRES (LES PLUS PAULETTE)
C'EST BÊTE, VOUS VENIEZ DE GAGNER UN VOYAGE À LOURDES

ES
POURQUOI UNE JOURNÉE "PORTES OUVERTES" ? POUR "FAIRE DESCENDRE LE MALADE DANS LA RUE"...
200 PERSONNES SELON LE SERVICE OPHTALMO
400 PERSONNES SELON LE SERVICE DES CIRRHOSES
QUELQUES DINGUES D'APRÈS LE SERVICE PSYCHIATRIQUE
PLAISANTERIE D'INTERNE : "Y-A-T-IL UN EXTERNE DANS L'ASSISTANCE POUR ME CIRER MES GODASSES ?"
ENCORE PLUS CON QUE DANS LES BOUQUINS DE SOUBIRAN !
VOYEZ MES GRANDS BRULÉS BLEUS, SAIGNANTS OU À POINT...
PAR ICI LES GRABATAIRES QUI SE GRATTENT PAR TERRE !
NE MANQUEZ PAS LES DYSENTÉRIQUES LES PLUS MÉLOMANES !
LES URÈTRES LES PLUS RÉTRÉCIES !
MES BUBBONS LES PLUS PURULENTS !
MESDAMES ET MESSIEURS NE QUITTEZ PAS L'HOPITAL SANS AVOIR VU LES YEUX LES PLUS CHASSIEUX DU SERVICE OPHTALMO !
VOICI LES DERMATOS LES PLUS VÉROLÉS ! UN PETIT COUP D'ŒIL EN PASSANT !
LES DESCENTES DE MATRICE LES PLUS VERTIGINEUSES
UN PETIT COUP D'ŒIL SUR LA PROSTATE DU GÉNÉRAL DE GAULLE !
ET VOILÀ LE REIN ARTIFICIEL DE MAURICE CHEVALIER
MES CHANCRES LES PLUS MOUS
A JOURNÉE ORTES OUVERTES" A MALHEUREUSEMENT S PERMIS D'ASSISTER UNE VISITE DU AND PATRON
LE GRAND PATRON ENGUEULE LE CHEF DE SERVICE
LE CHEF DU SERVICE ENGUEULERA L'INTERNE
L'INTERNE ENGUEULERA L'EXTERNE
L'EXTERNE ENGUEULERA L'INFIRMIÈRE EN CHEF
L'INFIRMIÈRE EN CHEF ENGUEULERA L'AIDE-SOIGNANTE
ET L'AIDE-SOIGNANTE SE DÉFOULERA SUR LA FILLE DE SALLE
MAIS LA FILLE DE SALLE NE POURRA PAS PASSER SES NERFS SUR LE MALADE
TOI Y'EN A VENIR CHEZ NOUS MANGER LE PAIN DES FRANÇAIS, HEIN ?
minute DEHORS LES MÉTÈQUES
UNE JOURNÉE "PORTES OUVERTES", ÇA PERMET SURTOUT DE DÉBRANCHER UNE TENTE À OXYGÈNE (EN SERVICE) ET D'ALLER REVENDRE LE TOUT À LA FOIRE À LA FERRAILLE
PENDANT CE TEMPS-LÀ AU SERVICE-RÉANIMATION
COUIC
MORT EN FAISANT DU CAMPING
VERS 17 HEURES, LES INTERNES ONT INVITÉ UNE BELLE BRUNE QUI ÉTAIT VENUE AVEC SA COPINE
VERS 17 HEURES 30 LA FÊTE SE TERMINA
LES INTERNES S'EN ALLÈRENT FAIRE UN TOUR DANS LEUR SERVICE ET LES FILLES DE SALLE NETTOYÈRENT LE COIN EN RÂLANT
OUAIRK
ALORS, DOCTEUR, JE VOUS FAIS UNE PETITE PLACE ?
"BILAN POSITIF" TRANSMETTRA LE SERVICE DE PRESSE
ASSISTANCE JOURNÉE PORTES OUVERT
cabu

TUUUUUT
TUUUUUT
SEX SHOP
cabu

Bed and Breakfast
Saisie dans les rues de Chicago,
cette saynète est malheureusement internationale.
Cabu en Amérique, 1990

1993

Encore des petits métiers qui disparaissent à cause
de la désertification des campagnes…
Hara-Kiri, 1976

Charlie Hebdo, 1975

Le Canard enchaîné, 2013

Le Canard enchaîné, 1984

Paru à l'époque de la loi Debré mise en place pour réguler l'immigration.
Charlie Hebdo, 1997

Gaspard et Melchior reconduisent Balthazar à la frontière
Le Canard enchaîné, 2008

Cabu visionnaire ?
Certainement pas !
L'Équipe Magazine, 1982

La Consommation

Probablement réalisé en direct pour une émission de télévision ou une manifestation, ce dessin très lâché résume parfaitement l'opposition entre le tiers-monde et le nôtre.
1979

Charlie Hebdo, 2012

MAUVAIS VRANÇAIS DANS UNE VOITURE BOCHE FUSILLÉ !
C'EST TOUT CE QUE T'AS TROUVÉ COMME GONZESSE POUR UNE VOITURE DE MON STANDING ?
POUR FAIRE CENT MÈTRES À PIEDS, TU PRENDS LA BAGNOLE ? BRAVO !
TU VAS VOIR TON BONUS TIENS ! TU VAS VOIR TON BONUS, TIENS !
POUR ALLER CHERCHER UN PAQUET DE CIGARETTES TU CRACHES DANS L'ATMOSPHÈRE AUTANT DE GAZ CARBONIQUE QU'UN CHEVAL PENDANT UN MOIS !
ÇA TE SUFFIT PAS DE REJETER DE L'ANHYDRIDE SULFUREUX DU PLOMB ET DU CO² ... FAUT QUE TU JETTES TES MÉGOTS SUR LA VOIE PUBLIQUE ?
T'AS PAS OUBLIÉ TA PILULE ? T'AS PAS OUBLIÉ TA PILULE ?
ÇA Y EST ! LES VOITURES PARLENT !
ALLO ? COMMANDANT DE BORD ? ALLO ? COMMANDANT DE BORD ?
LE JOUR OÙ LES ANDOUILLES VOLERONT TU SERAS CHEF D'ESCADRILLE ! TERMINÉ !
JE SUIS LÀ POUR AFFIRMER LA PRÉDOMINANCE DE LA BÊTE SUR LA MACHINE !
T'AS L'AIR CON LÀ-DEDANS... T'AS L'AIR CON LÀ-DEDANS...
C'EST À TOI QUE ÇA S'ADRESSE !
NON ! C'EST À TOI !
cabu

Quand la bande de potaches part en vacances en Trèfle,
elle fait forcément de belles rencontres sur son chemin.
Maquette de couverture
Pilote, 1964

La Trèfle

C'est en 1959 et en compagnie de son complice de toujours Georges Schmitt, que Cabu achète la Trèfle modèle 1923 dans une ferme. Ils concluent l'affaire avec le fils du propriétaire qui les prévient : « Mon père est en train de mourir, ça l'achèverait. » Leur départ s'effectue donc dans la discrétion…
1984

Emmanuel Cabut (1963-2010) dit Mano Solo
Avant d'être un rocker révolutionnaire, Mano Solo a été un bambin admiratif de son père dans son tacot un peu magique sans doute aux yeux d'un enfant.

Lui qui n'aimait pas les voitures, qui leur reprochait de polluer, de pousser les conducteurs à devenir beaufs était complètement accro à sa vieille guimbarde qui ne démarrait qu'une fois sur deux, péniblement… L'attachement de Cabu était sans doute dû à toutes les balades et toutes les blagues qu'il avait faites à son volant depuis ses 20 ans !
1982

Pour actualiser,
il suffit de convertir en euros.
Charlie Hebdo, 1978

Les nombreux reportages de Cabu le mènent souvent là où il n'aimerait pas se trouver. Mais son sens de l'observation permet de comprendre combien ses convictions sont profondes. Comme la France.
Charlie Hebdo, 1975

PAYSAN
COURTIER
EXPÉDITEUR
TRANSPORTEUR
MANDATAIRE
GROSSISTE (5)
DÉTAILLANT
RUNGIS
0F90
+30c
1F20
+30c calibrage
+40c emballage
1F90
+30c
2F20
?
?
4F80
C'est le record pour un Kilo de poires
la cagette de 4 Kilos coûte 1F50
le mandataire est un parasite, comme un notaire
Chacun répercute la T.V.A que le consommateur paiera finalement.

BON DIOU ! L'ABATTOIR C'EST PAS LE BORDEL !
...TOPE-LÀ !
NS LE
NIER DE LA
NAGÈRE
A LA SCHLAGUE !
L'INDICE DES PRIX, IL Y A
PS DE GOURDIN !
– CERTAINS ÉLEVAGES VIENNENT À PIED AU MARCHÉ : APRÈS PLUSIEURS KILOMÈTRES DE MARCHE, LES PELAGES SONT PLUS BEAUX ET LES MUSCLES PLUS DURS.
– DEUX SORTES DE BÂTON :
• AVEC UN CLOU AU BOUT
• AVEC UNE PILE ÉLECTRIQUE AU BOUT
– UN BOEUF DE COMPÉTION DE 400 KILOS VAUT 8.000F
NON AUX EXPÉRIENCES SUR LES ANIMAUX !
TIENS, JE VAIS ESSAYER LA RECETTE DU VEAU AU MARTINI QUE J'AI LUE DANS "LE PÉLERIN"...
– ST CHRISTOPHE-EN-BRIONNAIS 800 HABITANTS, MAIS DES BANQUES COMME POUR 80.000 HABITANTS.
– DES RESTAURANTS AVEC TROIS ARRIÈRE-SALLES. A 9 HEURES DU MATIN, ON MANGE DES ENTRECÔTES. MOI, J'AI DEMANDÉ UN THÉ AVEC DES TARTINES... RIRES DANS LA SALLE...
– UNE VACHE "RÉFORMÉE" : 1.500F ACHETÉE PAR OLIDA
...LE FINAL ! AVEC TOUTE LA TROUPE !
DEVENEZ VÉGÉTARIEN !
J'AURAIS TROP PEUR DE DEVENIR PÉDÉ !
cabu

Cabu visionnaire ? Certainement pas, on vous l'a déjà dit !
Hara-Kiri, 1973

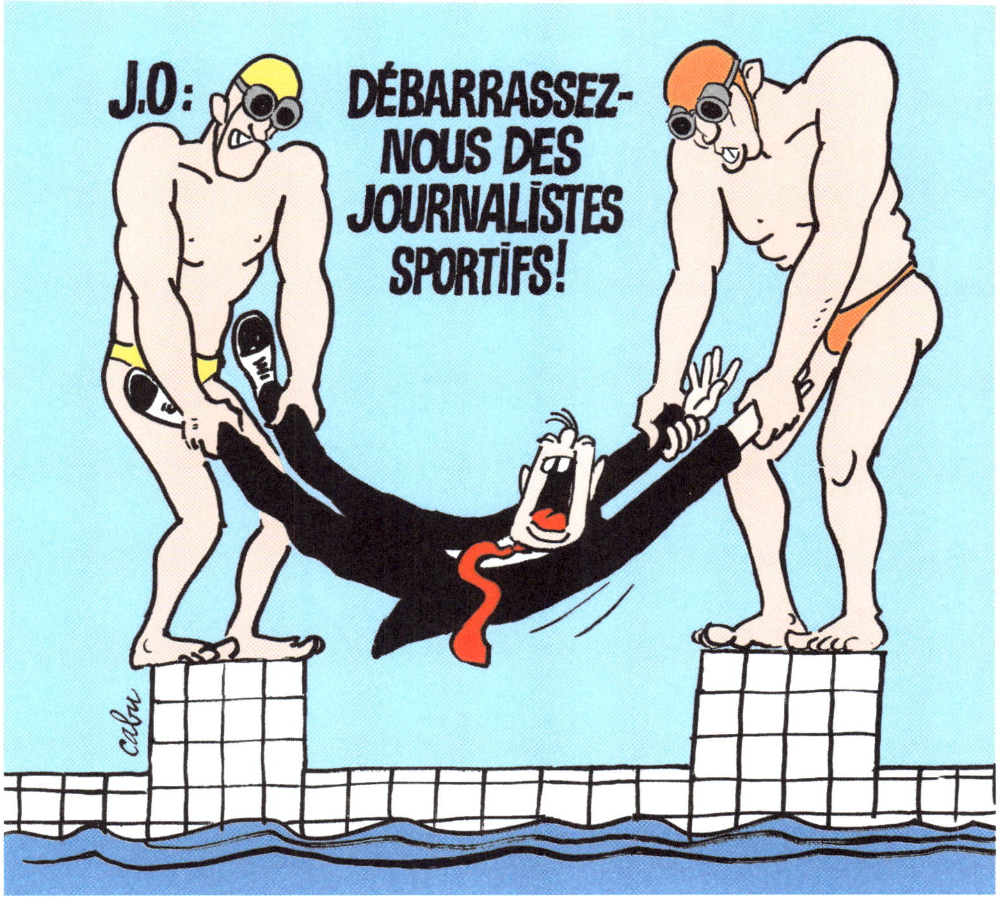

Cabu proclame : « Plus con qu'un sportif, un journaliste sportif », c'est dire à quel point il tient l'univers du sport dans son cœur.
Couverture
Charlie Hebdo, 2012

Le Sport

Session de rattrapage sur le dopage
Charlie Hebdo, 2014

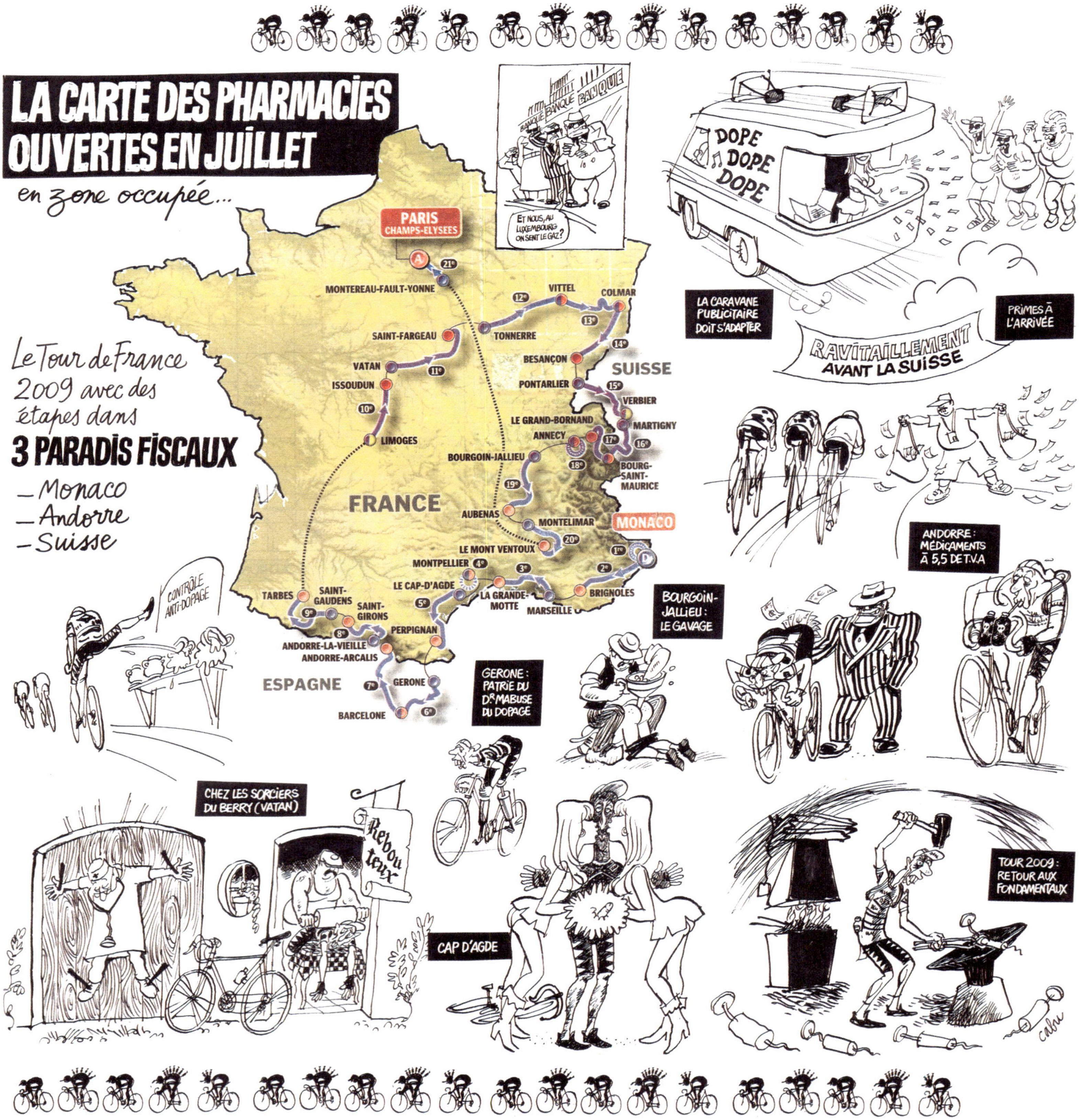

Chaque année, Cabu remonte en selle pour dénoncer, entre autres, le dopage dans le cyclisme.
Charlie Hebdo, 2012

Non, il n'y a pas de racisme dans les stades.
Charlie Hebdo, 1998

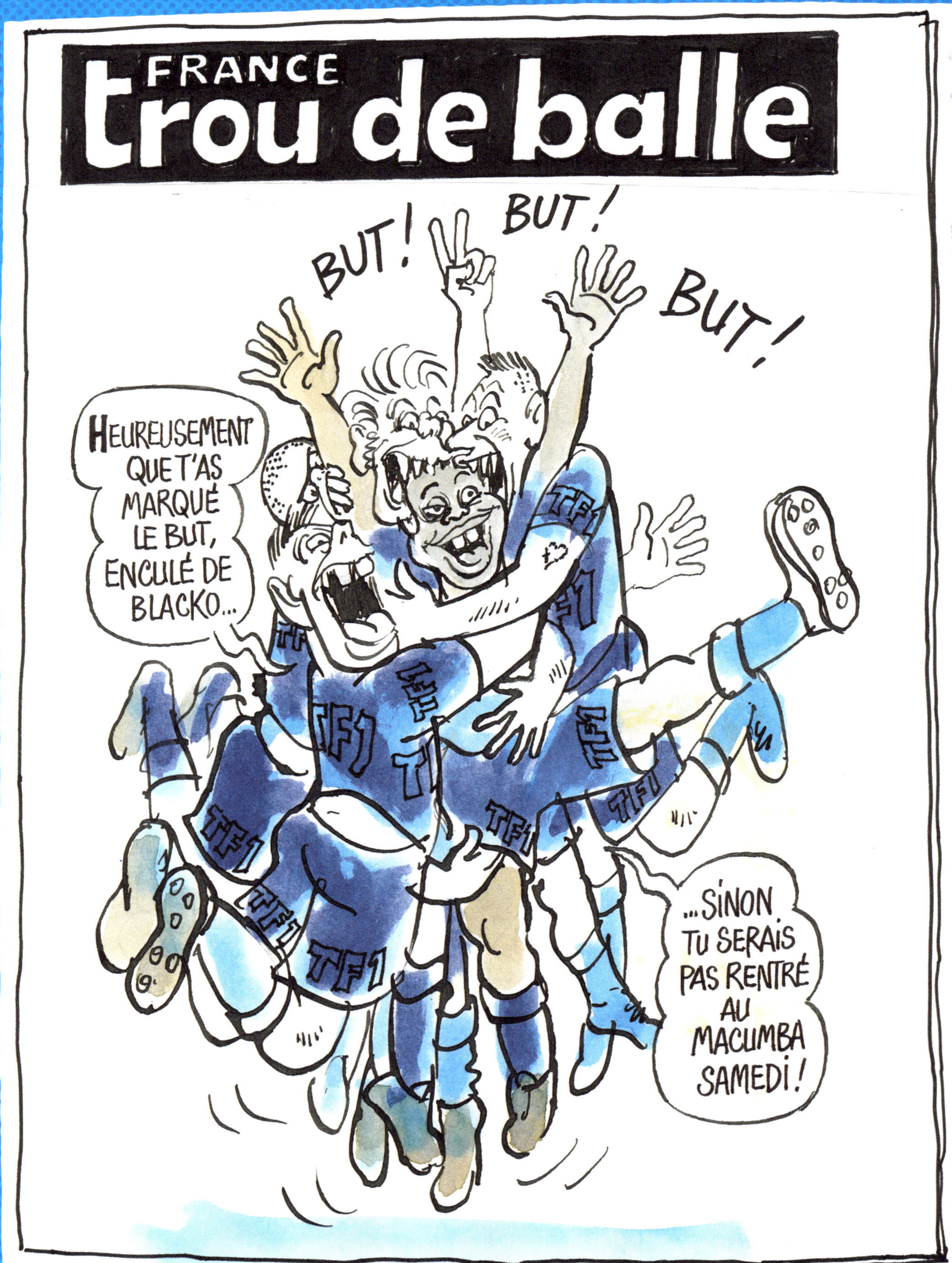
FRANCE
trou de balle
BUT!
BUT!
BUT!
HEUREUSEMENT QUE T'AS MARQUÉ LE BUT, ENCULÉ DE BLACKO...
...SINON TU SERAIS PAS RENTRÉ AU MACUMBA SAMEDI!

Pilote, 1966

Les Jeunes

1981

Projet de couverture devenu page de titre.
Le Grand Duduche, 1967

Entre 1961 et 1965, Cabu réalise plusieurs séries de sérigraphies pour les Verreries mécaniques champenoises dont le succès est sans doute dû à une joyeuse représentation de la jeunesse trépidante des Trente Glorieuses.

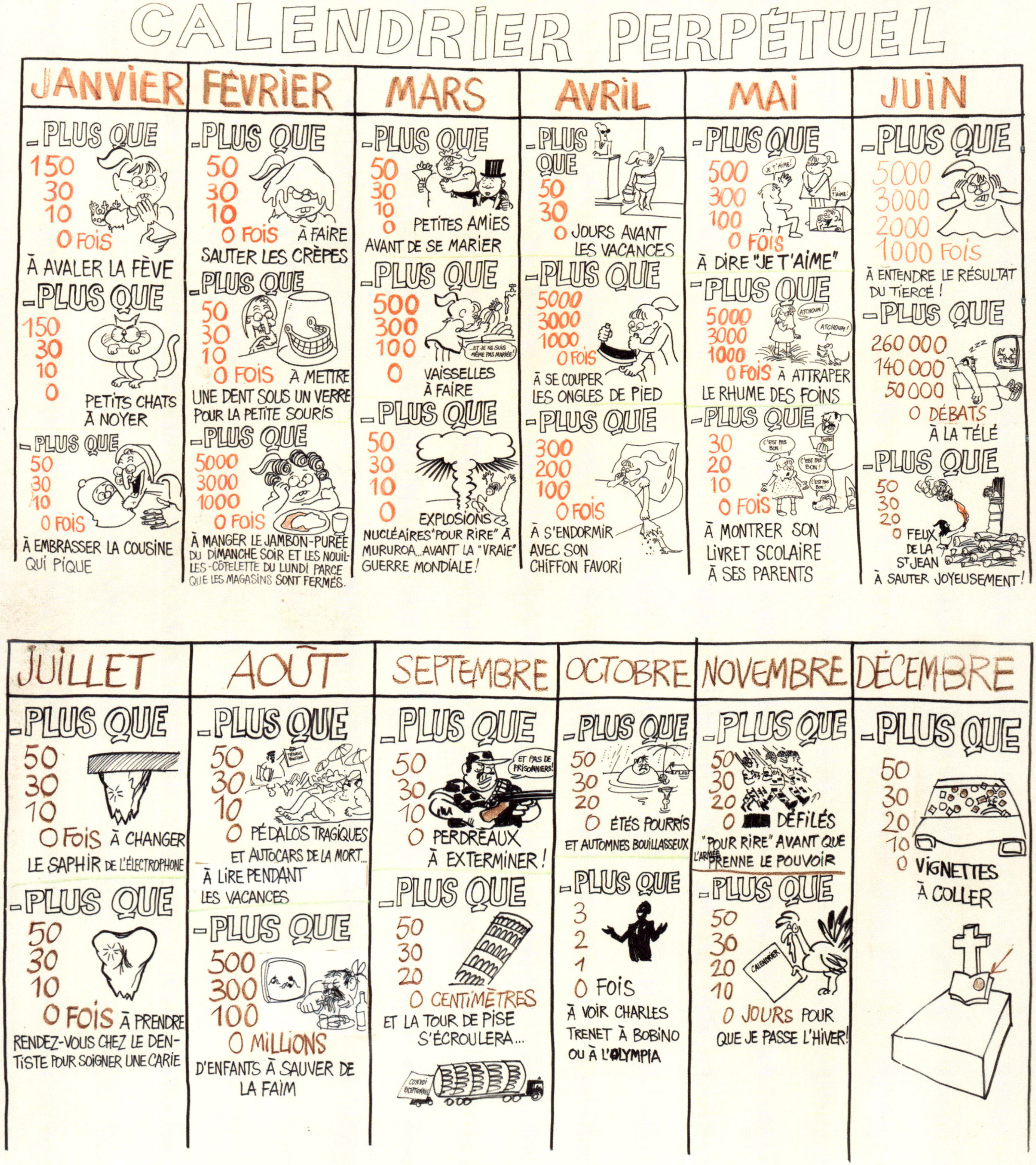

Ces grands panneaux joyeusement pessimistes illustrent la manière dont, avec humour et intelligence, Cabu distille ses valeurs auprès du jeune public. Faute de temps d'antenne, Cabu n'a jamais pu présenter le second semestre de son calendrier, resté à ce jour totalement inédit.
« Récré A2 », émission du 31 décembre 1981

Éternel adolescent, Cabu se désespère de voir que la jeunesse actuelle grandit bien trop vite. *Charlie Hebdo*, 2010

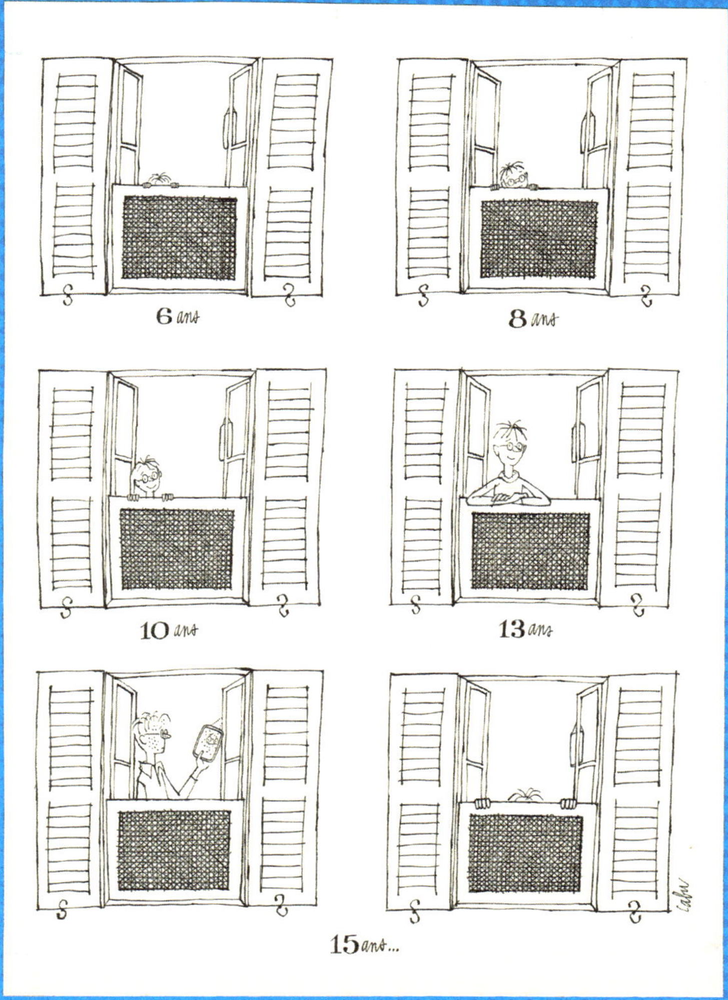

Pilote, 1962

Réseaux pédophiles interpellés
Choc visuel et choc de générations.
Le Canard enchaîné, 2012

Page suivante
Soumission
La Grosse Bertha, 1992

SOUMISSION

URGENT — PILOTE n° 179 p. 44-45

eu de l'Oie du
Introduisez une oie au collège
et jouez avec votre surveillant général.
Si vous faites 5, vous allez tout de suite au numéro 26.
vous faites 9 ou 12, faites-vous oublier en passant votre tour.
i vous faites 14 ou 17, n'oubliez pas de demander l'autorisation de sortir.
us remarquerez que le jeu finit à l'avantage de votre partenaire...
lors qu'il aurait très bien pu se terminer au nº 23)
is le jeu de l'Oie est un jeu dont la moralité
n'est plus à faire. Cabu
rand Duduche
6
8
22
21
20
9
Ouf ! une oie... deux oies... trois oies... quatre oies...
19
5
18
17
4
3
2
450 m/m
Fournir des bleus. Ne pas sélectionner

Cabu ne garde vraiment pas que de bons souvenirs de l'école.
Les examens sont des épreuves souvent insurmontables.
Le Grand Duduche, 1967

Pilote, 1965

Page précédente
Une vie d'étudiant n'est pas toujours un long fleuve tranquille.
Cabu affectionne particulièrement les jeux de l'oie dont il se servira sur les thèmes les plus variés : « L'homme seul à Paris au mois d'août », « Parcours du militant FN », « Le jeu du PAF », « Comment devenir Sarko 1er », etc.
Pilote, 1963

LES MERDEUX DANS LA RUE

Exprimer sa conscience politique assez tôt n'est pas sans risque. S'il a beaucoup participé aux manifestations, il estime également que « manifester, c'est déjà défiler ».
Charlie Hebdo, 1975

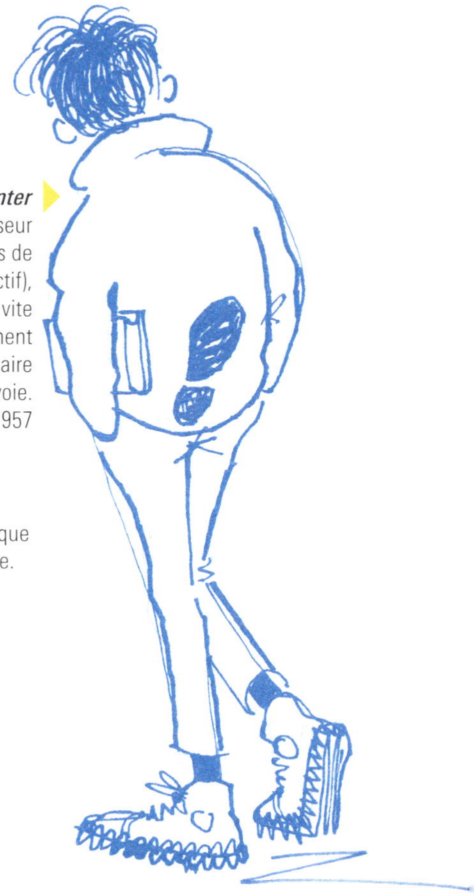

À orienter
En fin connaisseur du redoublement (deux classes de seconde à son actif), Cabu comprend vite qu'il ne faut pas nécessairement compter sur le système scolaire pour trouver sa voie.
Inédit, 1957

Le Canard enchaîné, 2010

Les anciens du lycée
Avant d'être un ancien du lycée, on est lycéen.
Et on n'oublie rien de ces années-là.
Pilote, 1964

très ancien élève refusant de jouer à saute-mouton
ancien élève montrant de vieilles photos de lui prises à la même époque
ancien élève de la chorale
anciens élèves de l'Association sportive du collège
femme d'ancien élève sportif
ancien élève de la chorale
ancien élève s'étant assis à son ancien banc
laboureur et ses enfants retrouvant le geste auguste du semeur
réfectoire
vin d'honneur offert par l'Association des Anciens Élèves
Élèves du collège pendant le discours du Président et surpris par le vin blanc
élève demandant du feu à un Ancien et Duduche demandant du feu et aussi une cigarette
cien élève la chorale
Les frères Ripolin se retrouvant
ancien élève yoyo
élève yé-yé
(la rancune est héréditaire chez les chiens)
ancien élève ayant tiré jadis la queue du chien du concierge

Sous des dehors comiques, Cabu démontre que les années des Trente Glorieuses sont déjà celles de la société de consommation.
Pilote, 1965

1982

Le chômage chez les jeunes fait déjà des ravages à cette époque. Toutes les idées sont bonnes, quitte à doubler les équipages des fameuses moto-crottes, dédiées au ramassage des déjections canines, mises en place par la municipalité de Chirac.
Le Canard enchaîné, 1982

Va falloir encore être drôle
Très tôt, Cabu a compris l'essentiel
des relations hommes-femmes.
Ici Paris, 1957

Les Femmes

Le Journal de Constantine, 1958

Charlie Hebdo, 1977

Considéré par Cabu comme un « marché aux bestiaux ».
Charlie Hebdo, 1979

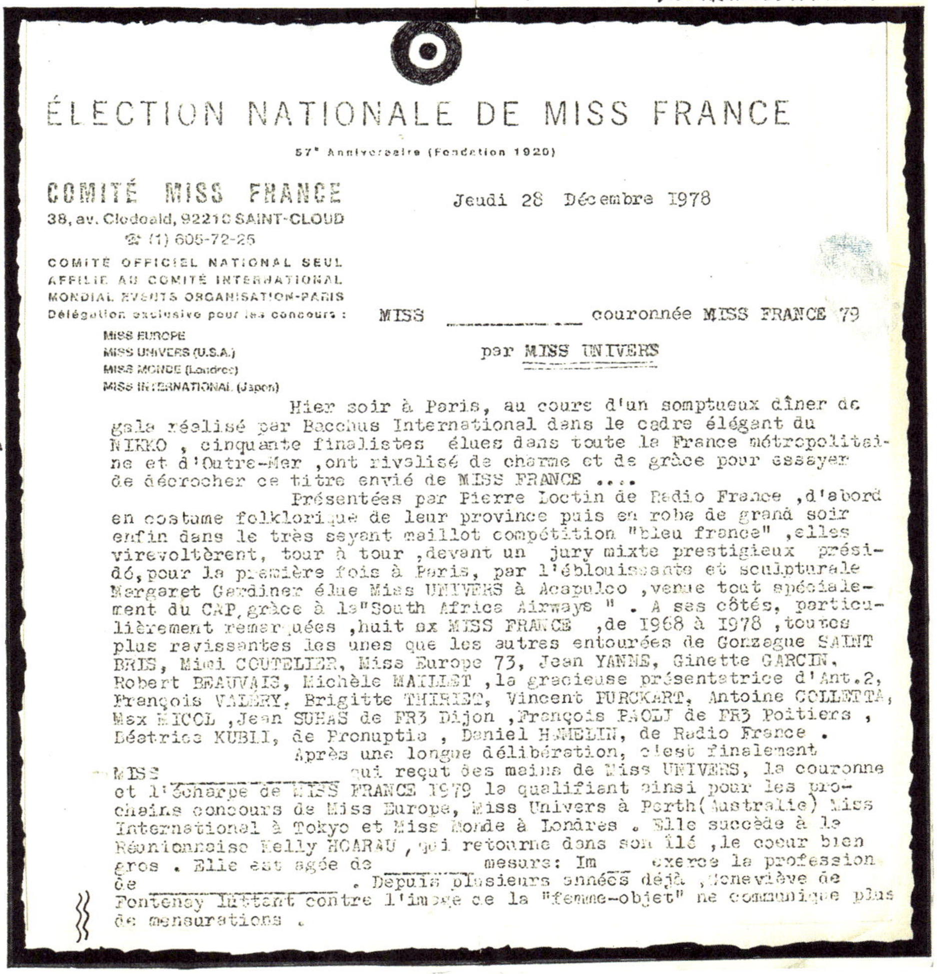

ÉLECTION NATIONALE DE MISS FRANCE

57e Anniversaire (Fondation 1920)

COMITÉ MISS FRANCE
38, av. Clodoald, 92210 SAINT-CLOUD
☎ (1) 605-72-25
COMITÉ OFFICIEL NATIONAL SEUL
AFFILIÉ AU COMITÉ INTERNATIONAL
MONDIAL EVENTS ORGANISATION-PARIS
Délégation exclusive pour les concours :
MISS EUROPE
MISS UNIVERS (U.S.A.)
MISS MONDE (Londres)
MISS INTERNATIONAL (Japon)

Jeudi 28 Décembre 1978

MISS ______________ couronnée MISS FRANCE 79

par MISS UNIVERS

Hier soir à Paris, au cours d'un somptueux dîner de gala réalisé par Bacchus International dans le cadre élégant du NIKKO , cinquante finalistes élues dans toute la France métropolitaine et d'Outre-Mer ,ont rivalisé de charme et de grâce pour essayer de décrocher ce titre envié de MISS FRANCE ....

Présentées par Pierre Loctin de Radio France ,d'abord en costume folklorique de leur province puis en robe de grand soir enfin dans le très seyant maillot compétition "bleu france" ,elles virevoltèrent, tour à tour ,devant un jury mixte prestigieux présidé,pour la première fois à Paris, par l'éblouissante et sculpturale Margaret Gardiner élue Miss UNIVERS à Acapulco ,venue tout spécialement du CAP, grâce à la"South Africa Airways " . A ses côtés, particulièrement remarquées ,huit ex MISS FRANCE ,de 1968 à 1978 ,toutes plus ravissantes les unes que les autres entourées de Gonzague SAINT BRIS, Mimi COUTELIER, Miss Europe 73, Jean YANNE, Ginette GARCIN, Robert BEAUVAIS, Michèle MAILLET ,la gracieuse présentatrice d'Ant.2, François VALÉRY, Brigitte THIRIET, Vincent FURCKART, Antoine COLLETTA, Max MICOL ,Jean SUHAS de FR3 Dijon ,François PAOLI de FR3 Poitiers , Béatrice KUBLI, de Pronuptia , Daniel HAMELIN, de Radio France .

Après une longue délibération, c'est finalement MISS ______________ qui reçut des mains de Miss UNIVERS, la couronne et l'écharpe de MISS FRANCE 1979 la qualifiant ainsi pour les prochains concours de Miss Europe, Miss Univers à Perth(Australie) Miss International à Tokyo et Miss Monde à Londres . Elle succède à la Réunionnaise Kelly HOARAU ,qui retourne dans son îlé ,le coeur bien gros . Elle est agée de ________ mesure: Im ___ exerce la profession de ______________ . Depuis plusieurs années déjà ,Geneviève de Fontenay luttant contre l'image de la "femme-objet" ne communique plus de mensurations .

Le Canard enchaîné, 2013

L'histoire de Paris se lit sur ses monuments.
Hara-Kiri, 1961

Les événements de Mai-68 ont donné à Cabu envie de lancer des pavés dans la mode.
Le Journal du Dimanche, 1968

"J'AI DÉJA MES PAUVRES" INSPIRÉ PAR LES PROCHAINES MAJORATIONS FISCALES
"MOLOTOV" ENSEMBLE COCKTAIL POUR RÉUNION CONTESTATAIRE DU XVIe
PETITE ROBE TOUTE BÊTE INSPIRÉE PAR LE PROCÈS DE LA THALIDOMIDE
"LA MARIÉE EST TROP BELLE" UTILISATION DES VIEILLES BANDE-ROLLES DE MAI
ANQUETIL
POULIDOR
"MAIN DANS LA MAIN" MODÈLE INSPIRÉ PAR LA RECONCILIATION ANQUETIL-POULIDOR
"CONCORDE" PANTALON À GÉOMÉTRIE VARIABLE POUR FEMMES FORTES

Rôti de beauf, 1985

À l'époque de la publication de ce dessin, le Vatican avait justifié l'excommunication d'une mère brésilienne et de médecins, pour l'avortement d'une gamine de 9 ans qui avait été violée par son beau-père. Ce dernier, fort heureusement, n'avait pas reçu de châtiment pontifical.
Le Canard enchaîné, 2009

L'équation est simple : Cabu aime les femmes mais pas les militaires.
Charlie Hebdo, 1980

Les villes : PARIS

La destruction des Halles Baltard pour le déménagement du Marché d'Intérêt National au sud de Paris ne peut qu'aller à l'encontre des goûts de Cabu. Et des rats.
Le Journal du Dimanche, 1969

Scène de rue germanopratine régulièrement observée par Cabu dans son quartier préféré.
Roger au pays des mots, 2004

Le Parisien, critiqué par les touristes pour son accueil
32 millions de visiteurs par an, ça vaut bien une mesure radicale.
Le Canard enchaîné, 2010

Le journal de Catherine
– Excusez-moi monsieur, c'est pour un sondage... Trouvez-vous que l'arc de triomphe soit beau ?
– Non, il n'est pas beau.
– Trouvez-vous qu'un coffre-fort soit beau ?
– Non, ce n'est pas beau.
PRISUNIC
UNIVERSAL FILMS
PIZZA PINO
PARIS
CHARLES BRONSON MICHELE MERCIER
LES BAROUDEURS
– Et les flics ?
– Non, ils ne sont pas beaux...
CITROEN MARCHE OU CRÈVE
MARTINI ALCOOLISME MONDAIN
MAIN BASSE UDR SUR LA PIERRE
SPÉCULATION FONCIÈRE
PLEIN LES POCHES BAYARD VÊTEMENTS GRANDES POCHES
S.A.C
C.D.R
OCCIDENT
BIDAULT
JEUNE NATION
SOUSTELLE
BALKANY
UN MILLION LE M²
WIMPY VIANDE AVARIÉE
TIXIER-VIGNANCOUR

Même s'il a habité une chambre de bonne à proximité dans les années 50, Cabu n'a jamais vraiment aimé les Champs-Élysées. Sans doute parce que « la plus belle avenue du monde » est d'abord un gigantesque panneau publicitaire.
Hara-Kiri, 1973

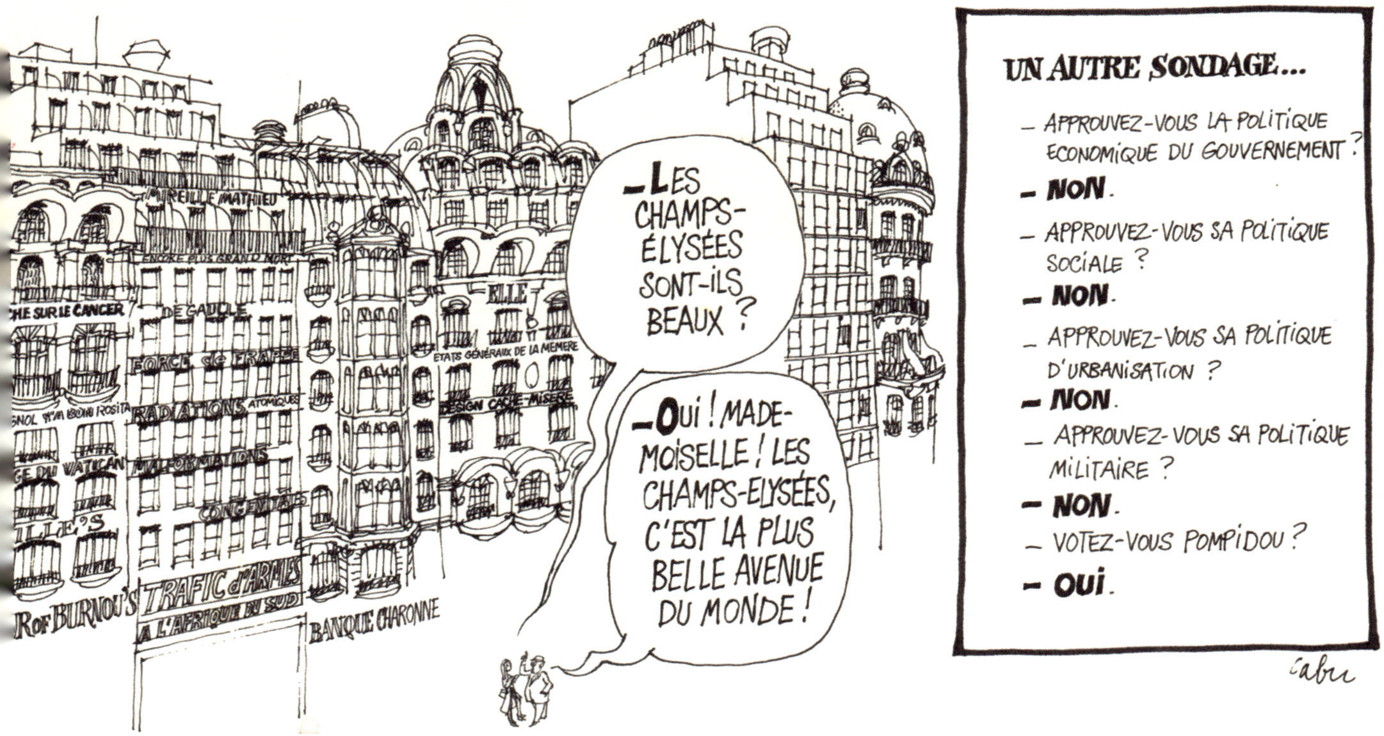

De 2002 à 2014, à la demande de Bertrand Delanoë,
Cabu collabore au mensuel de la municipalité parisienne.
à Paris, 2003

Éternel provincial à Paris, Cabu ne manque jamais d'idées pour revisiter la capitale et ses monuments.
à Paris, 2003

Les villes : CHÂLONS

Tout a commencé à Châlons, la ville où Cabu est né et a sévi avec ses canulars et ses quatre cents coups de potache. C'est aussi là qu'il a été publié dans le journal local dès ses 15 ans. Dans ce laboratoire, il a perfectionné son talent naissant. Dans ce décor de province, il a dressé le portrait de la France des années 50 en réduction et appris le métier de dessinateur de presse.

1959

1955

Les deux flèches de la cathédrale Notre-Dame-en-Vaux de Châlons-sur-Marne (aujourd'hui en-Champagne) plantent le décor d'une ville de province comme toutes les autres. Seulement, c'est la ville d'où vient Cabu.
Bled, 1959

Le Baladin de Paris, 1961

Le canular Strasbourg-Paris

Ce n'est pas un hasard si le Grand Duduche est le roi des potaches : Cabu a passé une bonne partie de sa jeunesse à faire des blagues et des canulars parfois magistraux. Son terrain d'entraînement favori : Châlons. Et son chef-d'œuvre est le canular du Strasbourg-Paris en mai 1959, une épreuve sportive qui passait par Châlons. Gilbert Roger était alors un des marcheurs les plus célèbres de cette course mythique qui imposait de parcourir les 520 km sans s'arrêter ni dormir.La blague consiste à faire croire que le fameux champion (incarné par un copain de 117 kg tout mouillé) passe à Châlons avec deux heures d'avance sur la course. Le tout dans une mise en scène spectaculaire et hilarante !
1979

Les villes : AILLEURS

Faut-il alors interdire les voitures dans les villes ? Merci bien – la campagne est suffisamment défigurée comme ça…
Pilote, 1969

LES MAUVAIS GÉNIES DE BROCÉLIANDE SE RÉVEILLENT

RENNES, LA VILLE DONT LE PRINCE DE BRETAGNE EST UN ARTICHAUT

Exploser les clichés… dans cette série de dessins imaginés pour traiter des élections locales, Cabu retourne les stéréotypes bretons comme une crêpe. Sur le crucifix : Dominique Voynet, écologiste
Charlie Hebdo, 2010

Le populisme et le béton… décidément, il n'y a pas grand-chose à récupérer dans le Sud.
La Grosse Bertha, 1991

La Grosse Bertha, 1992

Une carte postale foisonnante, malicieuse et cruelle, digne de Dubout et Daumier mélangés, tous deux d'ailleurs nés à Marseille (comme indiqué par Cabu dans le dessin). *Charlie Hebdo*, 2010

Rhône-Alpes
Le passé, le présent et l'avenir de la région lyonnaise
Charlie Hebdo, 2010

Un reportage dessiné dont la planche originale montre l'assemblage des différentes pages des carnets remplis sur place et assemblés le jour du bouclage au journal.
Charlie Hebdo, 1979

Comme il l'avait fait pour sa ville natale de Châlons-sur-Marne dans les années 70, Cabu s'emporte contre les destructions des centres-villes historiques et leur uniformisation par les rues piétonnes sans personnalité. Dix ans avant la tragédie du 15 septembre 2001, il prévient des dangers de l'usine AZF.
La Grosse Bertha, 1991

E EST UN MARTEAU-PIQUEUR
c'est
LE MAIRE BAUDIS ON LE SURNOMME "DAVID BAUDIS" OU ENCORE "BAUDISNEYLAND" SON PAPA LUI A LÉGUÉ UN BEAU MARTEAU-PIQUEUR.
Quand le maire ressemble à une image de mode, la ville ressemble au Figaro-Magazine...
LE MÉTRO DE TOULOUSE = un métro à la turque = un trou et pas de sièges
RUES PIÉTONNES : UN PEU DE VÉGÉTATION QUI RISSOLE DANS DES VASQUES
CAMPUS DU MIRAIL : LA NATURE EN FRICHES AU MILIEU DE LA FAC
À QUAND UNE "MARINA-PIEDS DANS L'EAU" AU BORD DU CANAL DU MIDI ?
TOULOUSE qui veut péter plus haut que son cul, qui cherche à égaler Montpellier et surpasser Barcelone alors que depuis des années le BOPHAL toulousain existe aux portes de la ville : l'USINE D'ENGRAIS "AZF" ! Encore bravo !
AZF
L'ODEUR : ON CROIT QUE TOUS LES PORTUGAIS DE TOULOUSE ONT FAIT GRILLER LEURS SARDINES EN MÊME TEMPS...
Cabu

MON CABU CHEZ LES NUDISTES

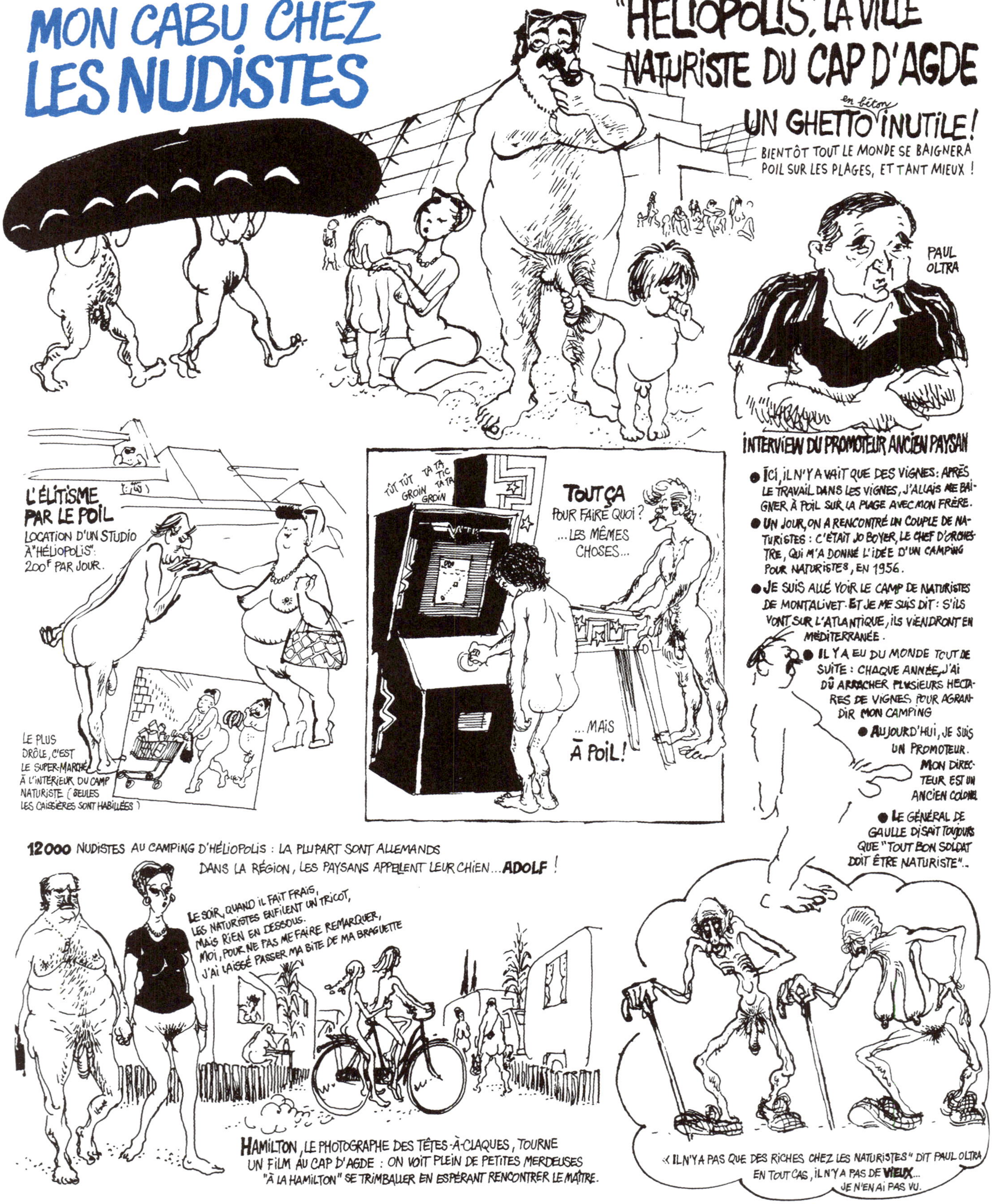

Il n'a gardé sur lui que sa carte de presse et son carnet à dessins ! Son sens du sacrifice le mènera à Montalivet en 1983 dans les mêmes terribles conditions pour le *Canard enchaîné*.
Charlie Hebdo, 1978

LA POPULATION LOCALE ACCEPTE TANT BIEN QUE MAL L'INDUSTRIE DU BRONZE-CUL. ÇA FAIT MARCHER LE COMMERCE...
DONNERAIS LEÇONS DE MATHS
vends réchaud
enfant le soir
COUPLE LIBRE CHERCHE COUPLE LIBRE S'ADRESSER AU CAMPING TENTE N° 129

LA BANLIEUE DE LA BANLIEUE, C'EST PORT-LEUCATE ! CHEF-D'ŒUVRE D'URBANISME...
LES GRANDS IMMEUBLES DEVANT LA MER, LES PETITS PAVILLONS DERRIÈRE !
AU CAP D'AGDE, UN AUTRE GHETTO : PRÈS DE CHEZ PIERRE BARTHÈS
COMMENT PEUT-ON FAIRE MILLE KILOMÈTRES, QUITTER SA BANLIEUE POUR RETROUVER UNE AUTRE BANLIEUE TOUTE PELÉE, SANS UN ARBRE !
RÉPONSE : IL Y A TOUJOURS DES PETITES COMPENSATIONS...
SUD RADIO
DEMANDEZ AUX TECHNICIENS DE "SUD-RADIO" EN TOURNÉE DES PLAGES COMBIEN ILS SE TAPENT DE MÈRES DE FAMILLE SANS MARI...
Dans les camps de nudistes, on garde le moral !
IL PLEUT IL MOUILLE C'EST LA FÊTE À MES COUILLES

MON BEAUF EST PARTI DANS SON CAMP DE NUDISTES...
RICARD
LES CAMPS DE NUDISTES VONT-ILS DISPARAÎTRE, MAINTENANT QU'ON PEUT SE BAIGNER À POIL SUR LES PLAGES ?
NON ! IL RESTE LE PLAISIR DE LA PÉTANQUE À POIL...
...ET IL RESTE LA MESSE À POIL !

Les Présidents de Cabu

Quand on pense que le plus ancien dessin de Cabu présenté ici est un dessin politique réalisé à seulement 12 ans, on se dit que l'encre noire du dessinateur satirique coulait déjà dans ses veines ! Et il en a connu des présidents de la République pour affûter son crayon et son sens politique ! C'est à partir de 1968 que le regard de Cabu sur les présidents va devenir de plus en plus exigeant. Les valeurs qu'il défendait jusqu'alors dans les planches de Duduche vont trouver un écho dans les portraits des potentats publiés tour à tour dans *L'Enragé, Hara-Kiri, Charlie Hebdo, Le Canard enchaîné* naturellement, puis dans tous les journaux et lors de ses apparitions à la télévision.

Regarder les dessins de Cabu sur les présidents, c'est regarder l'histoire de la Ve République. Un manuel à la portée de chacun puisqu'il entre par l'humour pour, une fois de plus, nous faire réfléchir à chaque instant.

1995 ▶

Évolution du président de la République française [De Gaulle, Chirac, Sarkozy]
Cabu tient ce théorème de Jacques Tati qui le tenait de Stan Laurel : on reconnaît un grand comédien à son jeu de jambes.
Lithographie, 2007

Marianne beauf
« Fluctuat Nec Vergetur »
Une des rarissimes mises en volume d'un personnage de Cabu par son ami sculpteur et dessinateur de presse, Philippe Mougey.
2006

L'histoire du Jazz au service des droits civiques des Afro-Américains.
De gauche à droite : Louis Armstrong, Archie Shepp, Charlie Parker, Miles Davis, Cab Calloway, Dizzy Gillespie, Charlie Mingus, Barack Obama, Duke Ellington.
Charlie Hebdo, 2008

Obama

2009-2017

THE WHITE HOUSE
WASHINGTON

November 16, 2016

Mrs. Véronique Brachet Cabut
Paris, France

Dear Véronique:

Please accept my sincere thanks for your moving gift, and my regrets for being unable to attend the screening of "Inside Charlie Hebdo: The Front Page That Made History." Please also accept my heartfelt condolences on the passing of Jean.

Freedom of expression is not just an American or French value, it is a universal human right that ultimately makes a stronger world, and it cannot be silenced at the hands of a violent few. The values that we share, that Jean and his colleagues were committed to and embodied, remain central to our culture, our civilization, and our imagination, and they will endure.

While the pain you must feel is indescribable, I hope the memories you and Jean made together help bring you some measure of solace. As you reflect on his life, please know the United States continues to stand with you and with the people of France in sorrow and solidarity.

Thank you, again, for your gracious gesture. You and your loved ones will remain in my thoughts.

Sincerely,

Chère Véronique,

Veuillez accepter mes plus sincères remerciements pour m'avoir adressé un exemplaire du film *Inside Charlie Hebdo: The Front Page That Made History* et mes regrets de n'avoir pu assister à sa projection*. Acceptez également mes condoléances, du fond du cœur, pour le décès de Jean.

La liberté d'expression n'est pas seulement une valeur américaine ou française : c'est un droit de l'homme universel qui rend le monde plus fort et qui ne peut être réduit au silence par la violence de quelques-uns. Les valeurs que nous partageons, que Jean et ses collègues ont incarnées et qui étaient leur engagement, demeurent consubstantielles à notre culture, notre civilisation et notre imagination, et elles perdureront.

Conscient que la peine que vous vivez est incommensurable, j'espère que les souvenirs de ce que vous avez vécu avec Jean vous apportent un peu de réconfort.
Sachez que les États-Unis sont endeuillés et solidaires auprès de vous et du peuple de France.

Merci encore pour votre geste d'amitié. Vous et ceux que vous aimez resterez dans mes pensées.

Sincèrement,

Barack Obama

* *La version sous-titrée en anglais du documentaire* Charlie 712, Histoire d'une couverture *(2015) a été projetée au Newseum, le musée de la Presse de Washington, le 18 septembre 2016. Ce documentaire présente l'élaboration et le bouclage du numéro 712 de* Charlie Hebdo *consacré aux caricatures de Mahomet en février 2006. L'attentat du 7 janvier 2015 a transformé ces images inédites en document historique.*

Macron

2017-2022

Emmanuel Macron, « l'hémisphère droit » de Hollande...
... qui prend toute la place ?
Le Canard enchaîné, 2014

Le Canard enchaîné, 2014

Hollande

2012-2017

Entre une ex et une future ex,
il est toujours difficile de faire son choix.
Charlie Hebdo, 2012

Piètà
Une carrière politique
est un chemin de croix.
Lithographie, 2007

La Corrèze
Tous deux élus de la Corrèze, le président d'avant initie le président d'après à l'art de la rencontre des Français.
Le cul des vaches est depuis toujours une source d'hilarité chez Cabu.
Le Canard enchaîné, 2012

Du pain et des jeux, version 2013.
Cahuzac, ancien ministre socialiste du budget accusé de fraude fiscale, le président Hollande, Strauss-Kahn ancien candidat socialiste à la présidence accusé d'agression sexuelle
Charlie Hebdo, 2013

Dépression post-régime victorieux pour un François Hollande confronté à la réalité du pouvoir. Valérie Trierweiler, alors compagne du président dont le régime durant la campagne présidentielle avait affiné la silhouette.
Le Canard enchaîné, 2013

François Hollande dans son bureau de l'Élysée
Croquis inédit réalisé sur le vif pendant le tournage du documentaire « Tu t'es vu sans Cabu ? », novembre 2014.

La politique et le fou chantant sont les grandes amours de Cabu, ici réunies pour le malheur du président du moment.
Charlie Hebdo, 2013

Cette déclaration du président à la télévision est l'occasion d'en dresser un portrait multi facettes.
Charlie Hebdo, 2011

Sarkozy

2007-2012

Le sacre de Sarkozy Ier
La dimension monarchique de la présidence atteint une dimension impériale avec l'arrivée de Nicolas Sarkozy à l'Élysée. Au balcon : Boutin, Bachelot, Alliot-Marie. À l'orchestre : Ferry, Juppé, Perben, Cécilia S. (impératrice de l'époque), Jacob, Lustiger, Fillon, Sarkozy, Debré, Raffarin, Balladur, Chirac, Bernadette C.
Inspiré du *Sacre de Napoléon Ier* par David, 1807
Charlie Hebdo, 2007

La Cène de Sarkozy
Inspiré de *La Cène*
de Léonard de Vinci, 1498
Dossiers du Canard, 2007

La fameuse invective de 2008 « Casse-toi, pauv' con » par le président à celui qui ne voulait pas lui serrer la main est devenue un leitmotiv fâcheux jusqu'à sa défaite contre François Hollande.
Dossiers du Canard, 2012

Certains verront du prémonitoire de la campagne présidentielle de 2017. Il n'en est rien.
Charlie Hebdo, 2007

Un hyper président fraîchement élu doit donner le cap, et d'abord le rythme. Le président Sarkozy avec son Premier ministre François Fillon en tête, suivi de son gouvernement : Juppé, Kouchner, Morin, Dati, Alliot-Marie, Borloo, Pécresse, Hortefeux, Darcos, Woerth, Lagarde, Bachelot, Boutin, Bertrand.
Le Canard enchaîné, 2007

La vie et la carrière de Nicolas Sarkozy déroulées dans un jeu de l'oie, exposé graphique inlassablement utilisé par Cabu dans ses créations.
Dossiers du Canard, 2007

COMMENT
DEVENIR
SARKO Ier
LOTO
HÔTELLERIE
HOTEL MATIGNON
L'IMMOBILIER
PONT DE NEUILLY
CAMISOLE
RETOUR D'AFFECTION
BLUM
JAURÈS
MÔQUET

Jacques Chirac, d'abord hostile à l'euro, en est le chantre pour le référendum sur la monnaie unique de 2005. De son côté, son épouse en charge des pièces jaunes est prête à récupérer les francs qui traînent.
Émission « 12 h 45 », FR3, 1996

Chirac

1995-2002

En route vers le XXIe siècle !

Chacun son programme, chacun son style.
Jean-Marie Le Pen, François Mitterrand, Philippe de Villiers, Robert Hue, Édouard Balladur, Daniel Cohn-Bendit, Lionel Jospin, Jacques Chirac.
Dessin pour l'affiche du spectacle *2000 ans, l'odyssée de l'espèce,* Caveau de la République, 1999

Tandis que les mouvements sociaux s'émaillent tel un calendrier de l'avent suite aux projets du Premier ministre Juppé, la droite au pouvoir est fidèle à ses traditions de dissensions.
Charlie Hebdo, 1995

Véritable parodie des affiches de théâtre de boulevard, ce dessin résume une belle amitié de 30 ans à l'épreuve du pouvoir.
Le Canard enchaîné, 1995

À l'heure de la *Macarena*, incontournable tube des pistes de danse du moment, le duo de la Cohabitation formé par le président et son premier ministre prend des allures surprenantes.
Charlie Hebdo, 1997

Surnommé ainsi par le général De Gaulle, Chirac semble le futur président idéal. Affichette pour kiosque,
Charlie Hebdo, 1995

Nicolas Sarkozy, Philippe Seguin, Édouard Balladur, Jacques Chirac. Après la défaite aux élections législatives de 1997, une nouvelle période de cohabitation se profile. Balladuriens et chiraquiens se disputent le pouvoir à l'intérieur du parti du président.
Le pastiche est un exercice récurrent pour l'hebdomadaire satirique mais dans lequel Cabu prend un malin plaisir à copier les artistes qu'il admire.
D'après *Le Tricheur à l'as de carreau* de G. de la Tour, 1638
Le Canard enchaîné, 1998

Chirac

2002-2007

« Derrière chaque grand homme se cache une femme » selon l'expression populaire.
2003

Le référendum sur la ratification de la Constitution européenne fut l'une des principales préoccupations de Jacques Chirac durant son second mandat.
2005

C'est dur de décompresser…
Méthode Coué en action pendant le second mandat du président Chirac, célèbre pour ses voyages réguliers à l'Île Maurice.
Le Canard enchaîné, 2006

Programme des fêtes à l'heure du bilan du second mandat.
Charlie Hebdo, 2006

« Sois proche de tes amis, et encore plus proche de tes ennemis » : Chirac s'applique cette devise et continue son impitoyable chasse aux adversaires de son propre camp.
En trophées : Chaban-Delmas, Giscard d'Estaing, Léotard, Pasqua, Séguin, Balladur.
Paris Match, 2004

Mitterrand

1981-1988

Figuré tel l'illustre Jaurès sur sa photo emblématique, Mitterrand entouré de Georges Marchais, Secrétaire général du Parti communiste, et de Pierre Mauroy, Premier ministre socialiste, donne un tout autre discours sur l'union de la gauche dès lors qu'il faut composer son premier gouvernement.
1981

Pierre Mauroy, Lionel Jospin, Laurent Fabius, Jean-Pierre Chevènement et Pierre Rocard portent ici Mitterrand en momie.
1988

Comment définir un couple présidentiel à partir du slogan de campagne du candidat.
Charlie Hebdo, 1981

Créé à l'époque de la fameuse émission télé « Gym Tonic », ce strip est tiré de la série hebdomadaire consacrée au président Mitterrand.
Le Canard enchaîné, 1982

La Cohabitation, avantages et inconvénients… Cabu a dessiné une dizaine d'affiches pour le Caveau de la République, haut lieu de la satire politique à la française.
Projet d'affiche pour le Caveau de la République, inédit, 1986

Un pouvoir défendu bec et ongles face à l'opposition qui viendra chaque semaine siéger en Conseil des ministres à l'Élysée.
Le Canard enchaîné, 1986

« Quant à nous, organisons notre avenir autour d'un grand dessein. Tout commence par la jeunesse, évidence trop oubliée. Elle nous reprochera un jour non pas de lui avoir trop demandé mais de l'avoir sous-estimée au point de ne pas lui demander davantage ; la récompense est dans l'effort. » - François Mitterrand, allocution télévisée du 23 mars 1983.
« Rebuts de presse », pour l'émission télé « Droit de Réponse », 1983

La stratégie du président : la durée
Série de dessins destinés à être diffusés « animés » à l'écran en s'enchaînant
« Rebuts de presse », pour l'émission télé « Droit de Réponse », TF1, 1987

Au-delà de l'émouvante image de réconciliation qu'avait constituée la longue poignée de mains solennelle à Verdun entre les deux chefs d'État le 22 septembre 1984, Cabu démontre qu'il reste encore bien des stéréotypes à éliminer entre les deux pays.
« Rebuts de presse », pour l'émission télé « Droit de Réponse », 1984

L'une des premières promesses de campagne de Mitterrand à avoir été tenue, l'abolition de la peine de mort, est un des combats de Cabu enfin remporté.
Charlie Hebdo, 1981

La parution du livre de Péan sur le passé de Mitterrand sous le régime de Vichy entame la résistance du président vieillissant.
« La Revue de Presse » de Michèle Cotta, France 2, 1994

La participation de la France à la Guerre du Golfe relance l'activité française.
La Grosse Bertha, 1991

Mitterrand

1988-1995

C'est Georgina Dufoix (ex-ministre du gouvernement Fabius) qui l'a déclaré à la télé en 1991 alors que le scandale du sang contaminé éclatait au grand jour. Cabu consacre un album aux dessins que lui ont inspiré ces atermoiements et passages de bâtons sanguinolents entre les protagonistes de cette affaire qui toucha plusieurs milliers de victimes…
Pastiche de l'affiche du film *Fantômas* (1913) de Louis Feuillade.
Projet de couverture de l'album *Responsables mais pas coupables*, Albin Michel, 1993

Dans toutes les chaumières, la révélation de l'existence de Mazarine née d'une relation adultérine de François Mitterrand est un choc. 1994

À la mort de l'ancien président Mitterrand, la presse lui consacre de nombreux dossiers, tous résumés ici en une couverture.
Charlie Hebdo, 1996

Finalement, la deuxième Cohabitation ne se passe pas si mal entre Mitterrand et son Premier ministre Édouard Balladur.
Le Canard enchaîné, 1993

Pendant les deux mandats de Mitterrand, la santé du président fut une question qui revint comme une ritournelle obsédante pour certains, amusante pour Cabu.
Émission « La Revue de Presse » de Michelle Cotta, France 2, 1995

Objets de convoitise délirants : le pin's ET le pouvoir.
Le Canard enchaîné, 1991

« Organe officiel du futur gouvernement », *Charlie Hebdo* (rebaptisé pendant un moment *Coluche-Hebdo*) soutient ardemment la candidature-canular de Coluche à l'élection présidentielle de 1981. Cabu suit le comique lors de réunions publiques et participe graphiquement à sa campagne qui s'arrêtera avec le retrait du candidat deux mois avant le scrutin.
Charlie Hebdo, 1981

Coluche

Sans doute réalisée en direct pour une émission de télévision ou une intervention en public, cette caricature du nouveau président Giscard démontre qu'à l'époque déjà les idées du président étaient forcément lumineuses.
1974

Giscard

Peu de temps avant que n'éclate l'affaire des diamants offerts par l'empereur Bokassa au président Giscard, celui-ci voit sa majorité confortée aux dernières législatives.
Charlie Hebdo, 1978

Féru de communication présidentielle, le sémillant Giscard avait invité quatre éboueurs du quartier de l'Élysée à sa table pour le petit déjeuner du 24 décembre 1974.
À la fin du septennat, Cabu débarrasse le couvert à sa manière.
Charlie Hebdo, 1981

1981

d'Estaing

1974-1981

Malgré ses interventions musicales télévisées dans l'émission de « la Grande Duduche » (alias Danièle Gilbert), Giscard a du mal à lutter contre sa propre caricature.
Le Matin de Paris, 1980

Un président au rabais devait être le titre de ce dessin prévu pour faire la couverture de *L'Hebdo Hara-Kiri* du 16 juin 1969, mais il est parvenu trop tard chez l'imprimeur. Résultat, il n'a servi que lors d'une publicité pour le journal parue dans *Charlie Mensuel*. Notons que lors de la campagne présidentielle de 2017, le candidat socialiste Benoît Hamon posa dans le même décor pour *Libération*.
Charlie Mensuel, 1969

Pompidou

1969-1974

Référence directe à l'affiche du spectacle « PolnaRévolution » de Michel Polnareff qui avait fait scandale à l'époque car l'on y voyait le chanteur dans la même posture que le président Pompidou.
Charlie Hebdo, 1972

D'aucuns reprochent les sempiternelles collusions entre les puissants. Cabu les dessine.
1969

Après avoir été l'héroïne de l'album *Les Aventures de Madame Pompidou* (qui valut un procès à Cabu !), Geneviève continue sa saga au cimetière.
Charlie Hebdo, 1974

Plus claire qu'une page Wikipédia : une planche de Cabu ! *Charlie Hebdo*, 1973

Comme pour la télévision où il se montre sans fard, le couple présidentiel Pompidou dans sa résidence du Lot n'a pas de secret pour Cabu.
Charlie Hebdo, 1971

FAUDRA PENSER AUX VACHES...
AH ! LA SONATE K.280 DE MOZART... ELLE ME FAIT TOUJOURS PLEURER...
C'EST MON TOUR !
POUF POUF POUF
PROUT
...MAIS MADAME DE GAULLE ELLE NE JOUAIT PAS À LA PÉTANQUE...
cabu
MOROSE ?
NON... DÉSENCHANTÉ...
QUELLE EST CETTE CHOSE QUE TU TRIMBALLES TOUJOURS AVEC TOI ?
C'EST LE BOUTON DE COMMANDE DE LA FORCE DE FRAPPE FRANÇAISE... VA CHERCHER !

En plein milieu des événements de Mai-68, Cabu trempe sa plume dans l'encre la plus corrosive pour traiter le Général sourd aux revendications de la rue, mais n'écoutant que l'organe « officiel » du gouvernement, l'ORTF, symbolisé par le journaliste non gréviste Jean Benedetti.
L'Enragé, 1968

De Gaulle

1959-1969

Souvenirs de Colombey
Paru en réaction à un article de *Paris Match* du 29 juillet 1972.
Les marchands du temple ne sont pas qu'à Lourdes.
À Colombey-les-Deux-Églises, où Charles de Gaulle est inhumé, le miracle du marketing frappe aussi.
Charlie Hebdo, 1972

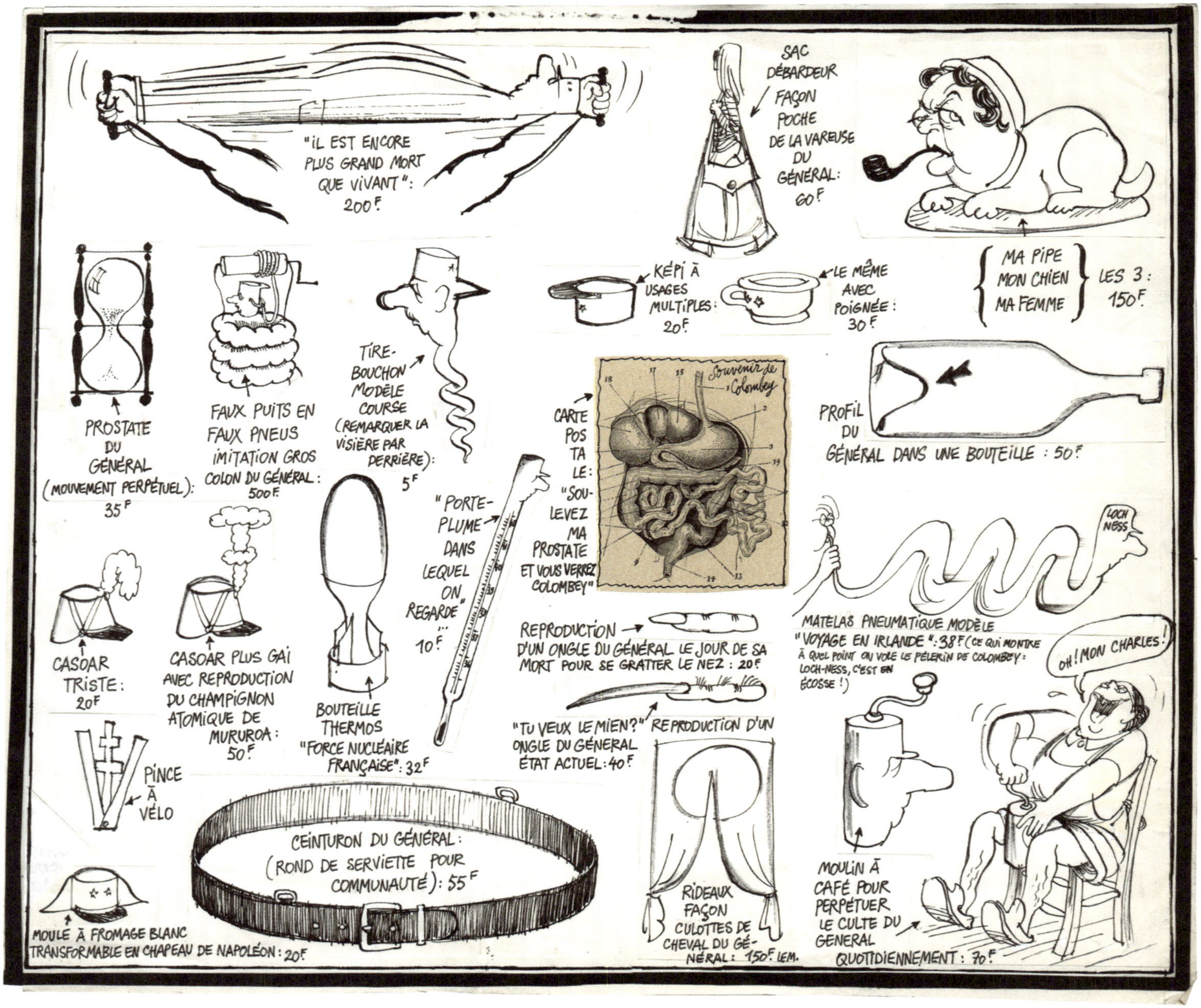

Une bonne couverture doit pouvoir faire appel à l'actualité, l'histoire, le quotidien.
Et Cabu ne perd jamais une occasion de redessiner le grand Charles.
Affichette promotionnelle pour *Charlie Hebdo*, 1980

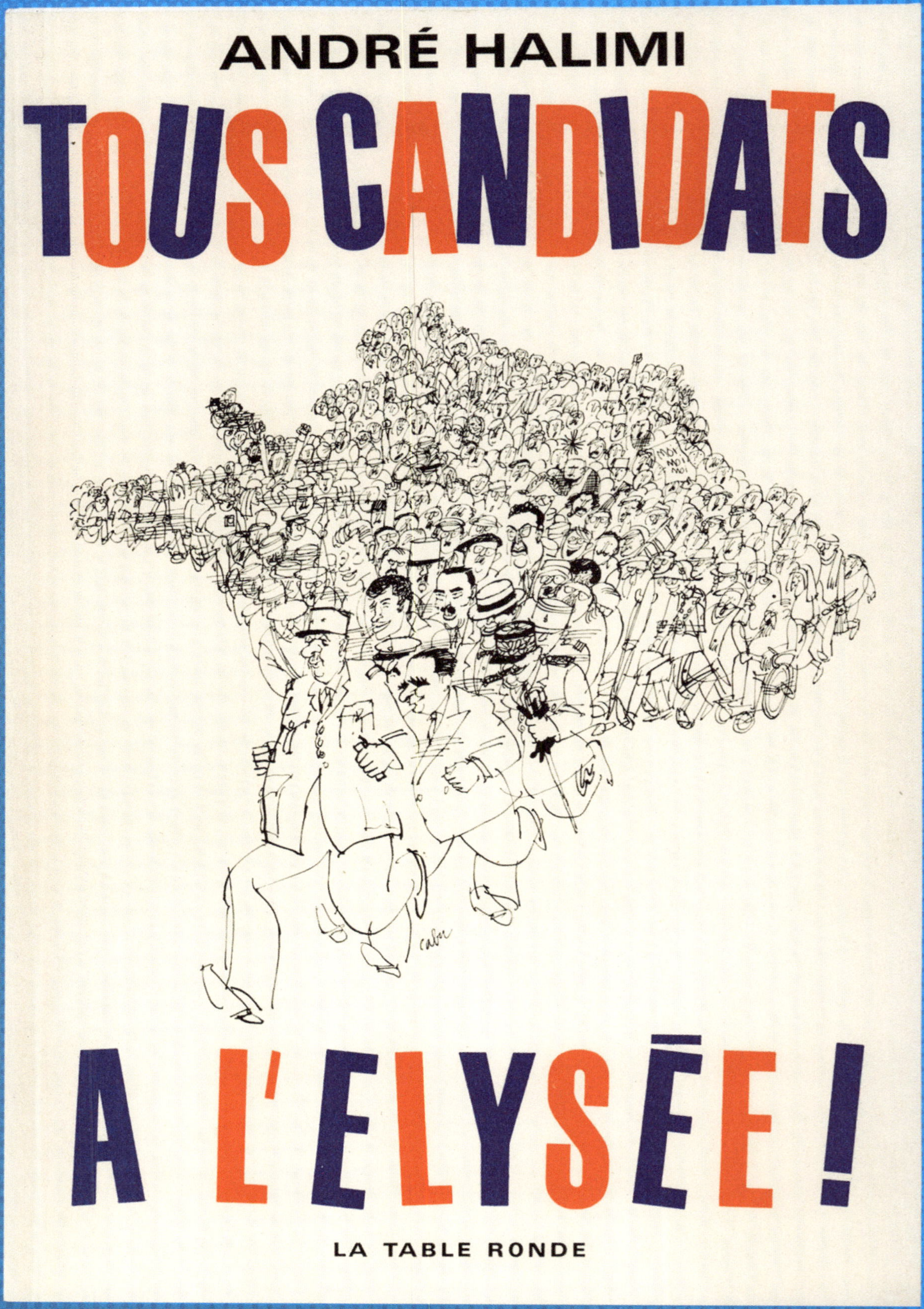

On reconnaît dans le peloton la France des années soixante derrière celui qui se représente alors à l'élection présidentielle : Pompidou, Chevalier, Zitrone, Belmondo, Hallyday, le comte de Paris. Couverture pour le livre d'André Halimi, éditions La Table Ronde, Paris, 1965

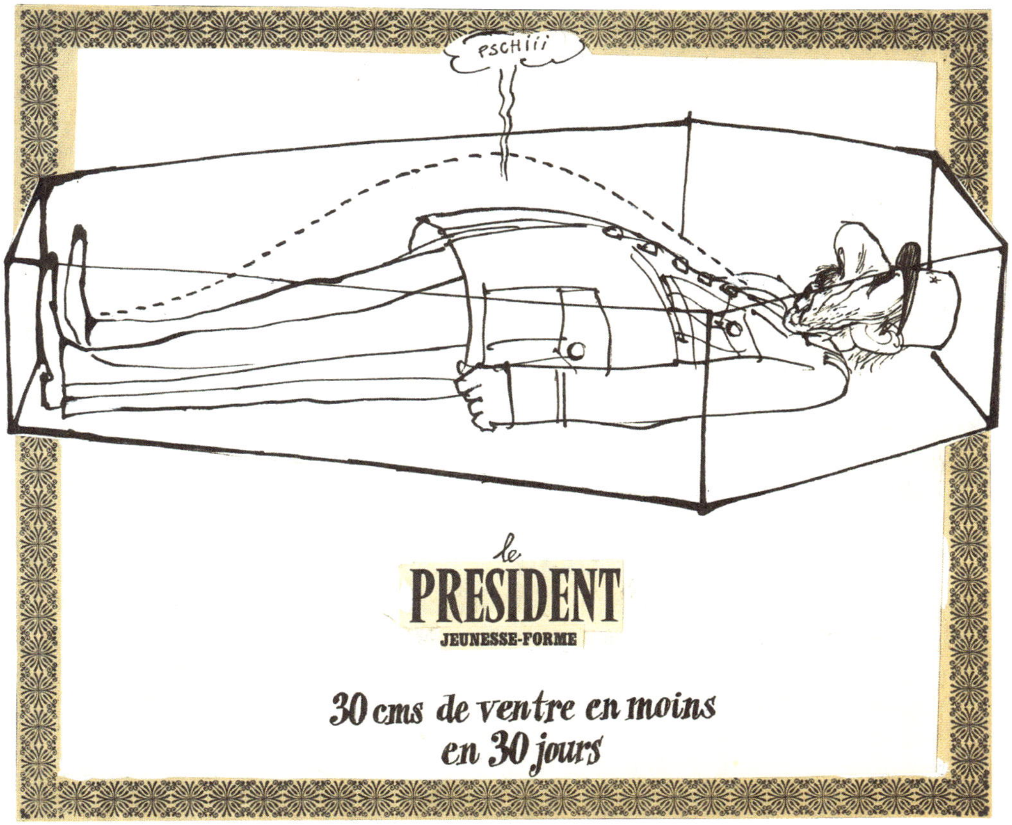

Aucun respect, même pour les grands hommes allongés, dans ce dessin qui paraît dans le tout nouveau *Charlie Hebdo*, créé suite à l'interdiction de *Hara Kiri Hebdo* et son fameux « Bal tragique à Colombey ».
Charlie Hebdo, 1970

En 2017, lors du scandale des époux Fillon pendant la campagne présidentielle avec le fameux « Pénélopgate », certains évoqueront à nouveau la figure du général et de son épouse.
Charlie Hebdo, 2012

Le sens graphique et de l'à-propos de Cabu a notamment pour source ses premières armes en tant que dessinateur dans un atelier d'emballage publicitaire au mitan des années 50. Mais, à l'instar de Cavanna, Cabu proclamera : « La publicité nous rend cons ! »
Hara-Kiri, 1965

De Gaulle à la Boisserie, « 8 h 15, il fait sa toilette »
Imaginé dans le cadre d'un véritable reportage « fictif »
sur l'intimité du président dans sa résidence privée
(sans s'être jamais rendu sur place),
pour l'hebdomadaire gaulliste *Candide*.
Crayonné inédit pour parution dans *Candide*, 1964

Coty

1954-1959

À seulement 72 ans, René Coty devient président de la République. Cabu en a déjà 16 lorsqu'il griffonne son portrait et le fameux couple présidentiel dans ses carnets.
Inédit, 1954

– J'ai fait aussi du cinéma, pour les actualités...

Vincent Auriol
Conservé par le père de Cabu dans un classeur regroupant ses coupures de presse.
Que faire des anciens présidents ? Une question qui se pose déjà sous la IVe République.
L'Union, 1953

Auriol

1947-1954

Un des tout premiers dessins de politique internationale où Cabu tente également de dessiner le visage de ceux qui changent la face du monde : Staline, Truman, Auriol, De Gaulle et autres lors d'une réunion internationale inspirée de l'actualité.
Inédit, 1950.

Les People de Cabu

Le quart d'heure de célébrité devenait tangible quand vous aviez été dessiné par Cabu ! Mais attention, c'était souvent cruel, surtout quand le quart d'heure en question durait un peu trop longtemps. Lui qui a toujours détesté le rock n'a effectivement jamais aimé Johnny Hallyday. Mais que l'on se rassure : il n'aimait pas non plus Jacques Brel ou Gilbert Bécaud. C'est un caricaturiste qui avait ses têtes.

C'était encore pire pour ceux qui fanfaronnaient dans les médias : politiciens à l'affût des caméras, vedettes ringardes en mal de projecteurs, surbotoxées à la limite de l'explosion… Une fois que Cabu vous avait attrapé avec son crayon, il ne vous lâchait pas.

Alain Delon
Charlie Hebdo, 1996

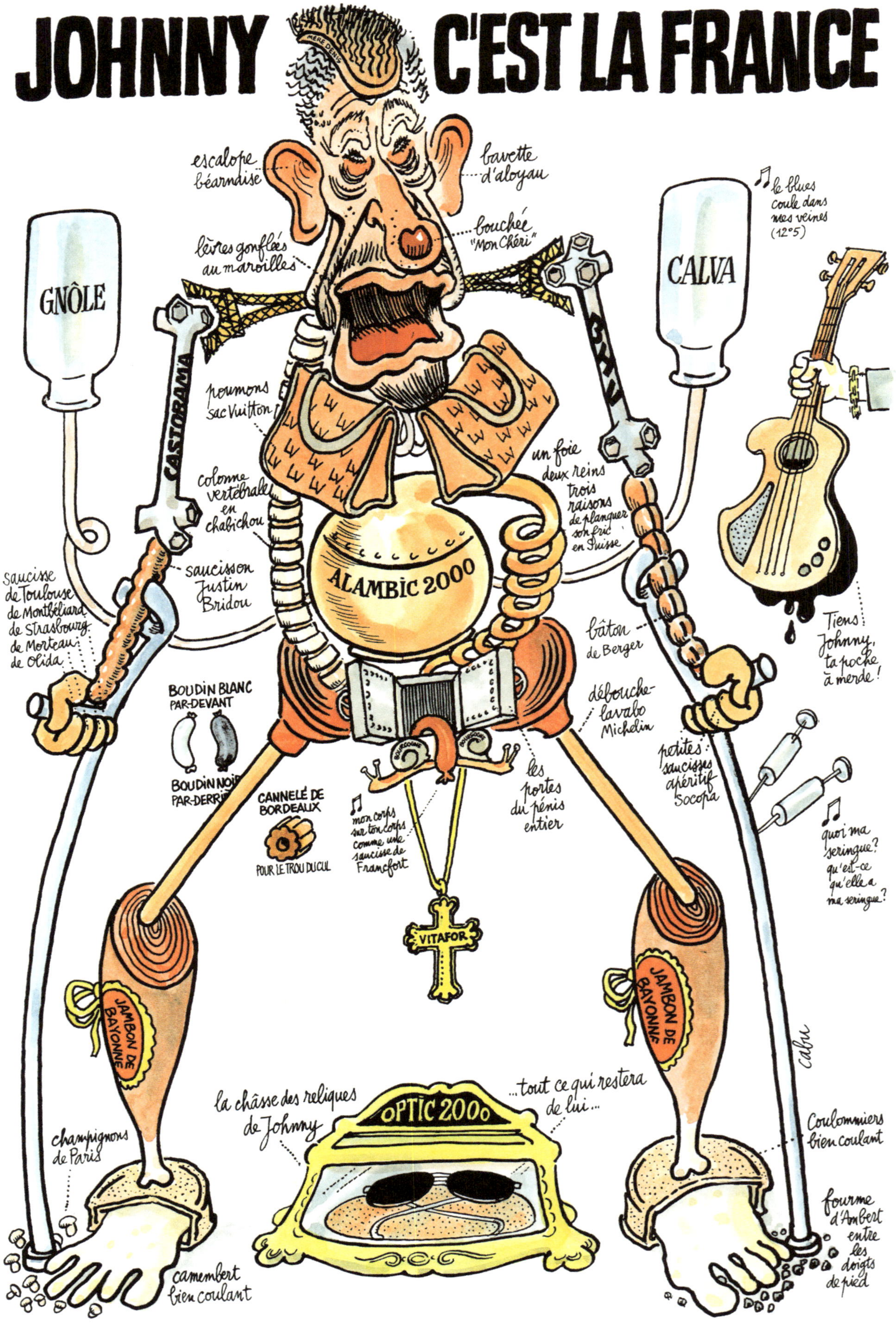
JOHNNY C'EST LA FRANCE
MÈRE DENIS
escalope béarnaise
bavette d'aloyau
lèvres gonflées au maroilles
bouchée "Mon Chéri"
le blues coule dans mes veines (12°5)
GNÔLE
CALVA
CASTORAMA
poumons sac Vuitton
colonne vertébrale en chabichou
un foie deux reins trois raisons de planquer son fric en Suisse
saucisson Justin Bridou
ALAMBIC 2000
saucisse de Toulouse de Montbéliard de Strasbourg de Morteau de Olida
bâton de Berger
Tiens Johnny, ta poche à merde !
BOUDIN BLANC PAR-DEVANT
BOUDIN NOIR PAR-DERRIÈRE
déboucher-lavabo Michelin
BOURGOGNE
BOURGOGNE
CANNELÉ DE BORDEAUX
POUR LE TROU DU CUL
mon corps sur ton corps comme une saucisse de Francfort
les portes du pénis entier
petites saucisses apéritif Socopa
quoi ma seringue ? qu'est-ce qu'elle a ma seringue ?
VITAFOR
JAMBON DE BAYONNE
JAMBON DE BAYONNE
Cabu
la châsse des reliques de Johnny
OPTIC 2000
... tout ce qui restera de lui ...
champignons de Paris
Coulommiers bien coulant
fourme d'Ambert entre les doigts de pied
camembert bien coulant

Le rocker préféré des Français en écorché… « Aussi tabou que les religions et les militaires », disait Cabu à son propos. Dans un dessin de 1971, son désamour pour Johnny rejoint en toute mauvaise foi son combat contre le nucléaire : « N'oubliez pas qu'à cause de gars comme ça qui exigent des amplis de plus en plus gros, il faudra toujours plus de centrales atomiques. »
Charlie Hebdo, 2011

L'opération de la hanche de l'idole des jeunes inquiéta beaucoup de monde. Sauf Cabu.
Charlie Hebdo, 2011

Créé et animé par le comédien François Patrice, le Club Saint-Hilaire de la rue Vavin accueille et fait danser le Tout-Paris et le Gotha mondain dans les années 60. Il fallait bien une invitation hors normes de plus d'1 m 30 pour annoncer l'événement !
Case 1 : Marlene Dietrich, Johnny Hallyday, Richard Anthony, Sylvie Vartan, Juliette Gréco, Bernard Buffet, François Sagan et devant Jean Marais et Jacques Chazot. • **Case 2 :** Bernard et Annabelle Buffet.
• **Case 3** : Eddie Barclay, Aristote Onassis, Bernard Buffet, Robert Hossein.
• **Case 4** : Francis Blanche, Brigitte Bardot, Gilbert Bécaud.
• **Case 5** : Carmen Tessier, Eddie Barclay, Sylvie Vartan, Johnny Hallyday, Bernard Buffet, Roger Vadim • **Case 6 :** Le duc de Windsor, Claude Terrail.
• **Case 7 :** Roger Vadim, Brigitte Bardot, Maria Callas, Aristote Onassis, la duchesse et le duc de Windsor et, devant, Gérard Oury et Michèle Morgan.
• **Case 8 :** Jean Marais. • **Case 9 :** Henri Salvador, Marlene Dietrich, Sylvie Vartan, Francis Blanche, Juliette Gréco, Eddie Barclay, Mireille Darc, Maria Callas, Aristote Onassis, Johnny Hallyday.
Invitation pour la réouverture du Club Saint-Hilaire, 1967

Isabelle Adjani
Charlie Hebdo, 1994

Carla Bruni et Nicolas Sarkozy
Charlie Hebdo, 2008

Brigitte Bardot
Une figure digne de son personnage de Catherine au pensionnat des Oiseaux créé ces années-là...
Ici Paris, 1960

Une gueule comme Belmondo est un régal pour un caricaturiste comme Cabu, même s'il a dû rester deux heures dans le noir pour le dessiner. *Charlie Hebdo*, 1996

JEAN-MARIE BIGARD JOUE "LE BOURGEOIS GENTILHOMME"
AU THÉÂTRE DE PARIS, RUE BLANCHE À PARIS (9e)
QUAND MONSIEUR CUL-BITE-COUILLES RENCONTRE MOLIÈRE...
MONSIEUR JOURDAIN, JOUÉ PAR BIGARD, EST PROPRIÉTAIRE DE 70 MAGASINS DÉCATHLON, ET IL RÊVE D'ÊTRE PHOTOGRAPHIÉ DANS LES PAGES DE "POINT DE VUE-IMAGES DU MONDE" GRÂCE AU HIP-HOP ET AUX COSTUMES DE MARILYN MANSON.
THÉÂTRE DE PARIS
CHEZ MOLIÈRE, IL Y AVAIT LE MAÎTRE DE MUSIQUE, LE MAÎTRE DE DANSE, LE MAÎTRE DE PHILOSOPHIE ET LE MAÎTRE D'ARMES.
CHEZ BIGARD, ILS ONT ÉTÉ REMPLACÉS PAR DES COACHS.
BIGARD APPELLE MOLIÈRE "FÉLIX POQUELIN" ET IL JOUE COMME UN ÉPICIER ARABE
LE PUBLIC DE BIGARD EST FRUSTRÉ : IL NE PARLE PAS DE LA CHATTE DE MADAME JOURDAIN
BIGARD SORT DU RIDEAU DE DOUCHE DE DORIMÈNE
BIGARD REMPLIT LES STADES ET VIDE LES CERVEAUX
BIGARD EST SARKOZYSTE. PROCHAIN SPECTACLE : "LE FACHO MALGRÉ LUI"

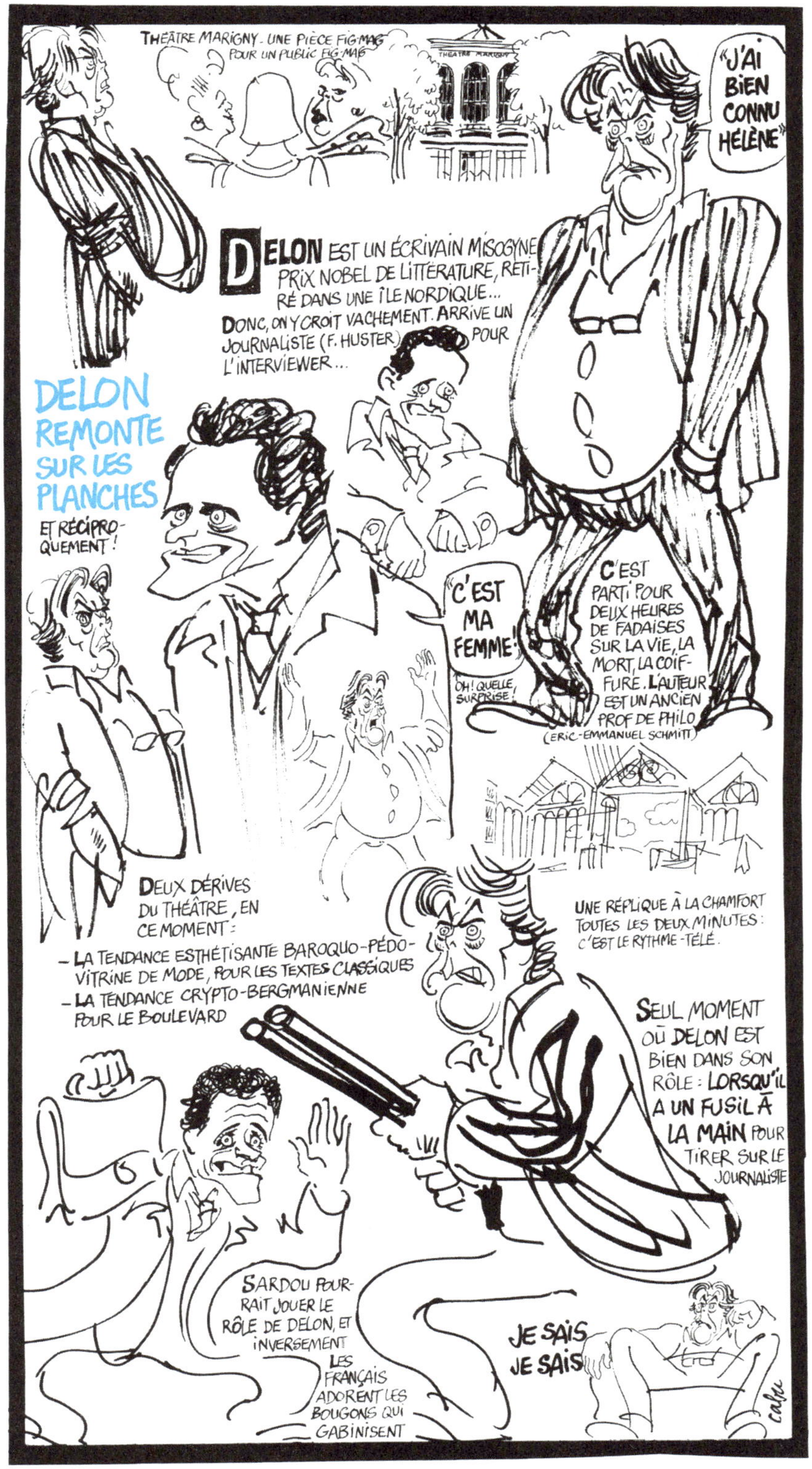

Charlie Hebdo, 1994

« Fufu » dans *Oscar* de Claude Magnier au Théâtre du Palais-Royal. Notez la précision du trait dans ce dessin paru dans *Le Figaro* durant les trois années où Cabu a illustré la chronique théâtrale du quotidien.
Le Figaro, 1971

« Touche pas à mon Molière ! » semble crier Cabu à travers cette planche.
Charlie Hebdo, 2006

L'hénaurme comédien incarne le monumental écrivain chaque semaine à 20 h 30 à la télévision tandis qu'un scandale alimentaire est au journal télévisé chaque jour à 20 heures...
Charlie Hebdo, 2014

Vedette publicitaire connue pour son « C'est bien vrai, ça ! », la mère Denis devient un personnage récurrent de Cabu après qu'il a dénoncé son exploitation en égérie pour des machines à laver. Un album lui sera d'ailleurs dédié en 1981. *Charlie Hebdo*, 1978

La parution du roman *Soumission* imaginant un président de la République française issu d'un parti politique musulman connaît un grand succès, et pas seulement d'estime auprès de la patronne du Front National.
Charlie Hebdo, 2014

gouvernement

quoi de neuf ?

Roger Hanin
Le beau-frère du président Mitterrand, ancien catcheur et comédien est alors sous les feux de la rampe : un éclairage qui séduit Cabu au point de lui dédier un album en 1985.
« Rebuts de presse », émission « Droit de Réponse », TF1, 1986

En plein scandale national à cause de sa version reggae de *La Marseillaise*, Serge Gainsbourg déclare lors d'un concert devant des légionnaires qu'il « aime l'armée ». Coïncidence : le festival de Cannes se tient au même moment.
« Rebuts de presse », émission « Droit de Réponse », TF1, 1986

Nos intellos va-t-en guerre
Le conflit en Yougoslavie donne l'occasion à chacun d'exprimer son opinion.
Le pacifiste Cabu a la sienne.
Le Canard enchaîné, 1996

L'indéboulonnable rendez-vous de 13 heures avec les Français de la France entière.
Charlie Hebdo, 2003

Jean-Édouard et Loana
Charlie Hebdo, 2001

Cabu rassemble ses têtes de gondole et de Turcs préférées dans un album.
De h. en b. et de g. à d. : Montand, Macias, Dalida, Gainsbourg, Duteil, Lama (en Napoléon), Mitchell, Sheila, Dave, Cheryl, Sylvestre, Clerc, Hallyday, Cordy, Higelin, Renaud, Sardou, Goya, François, Coluche, Mathieu, Lavilliers, Distel.
Couverture *Showbiz*, Albin Michel, 1986

Le théâtre, c'est la rencontre d'une œuvre, des comédiens et des spectateurs. Parfois, c'est l'osmose parfaite.
Charlie Hebdo, 2008

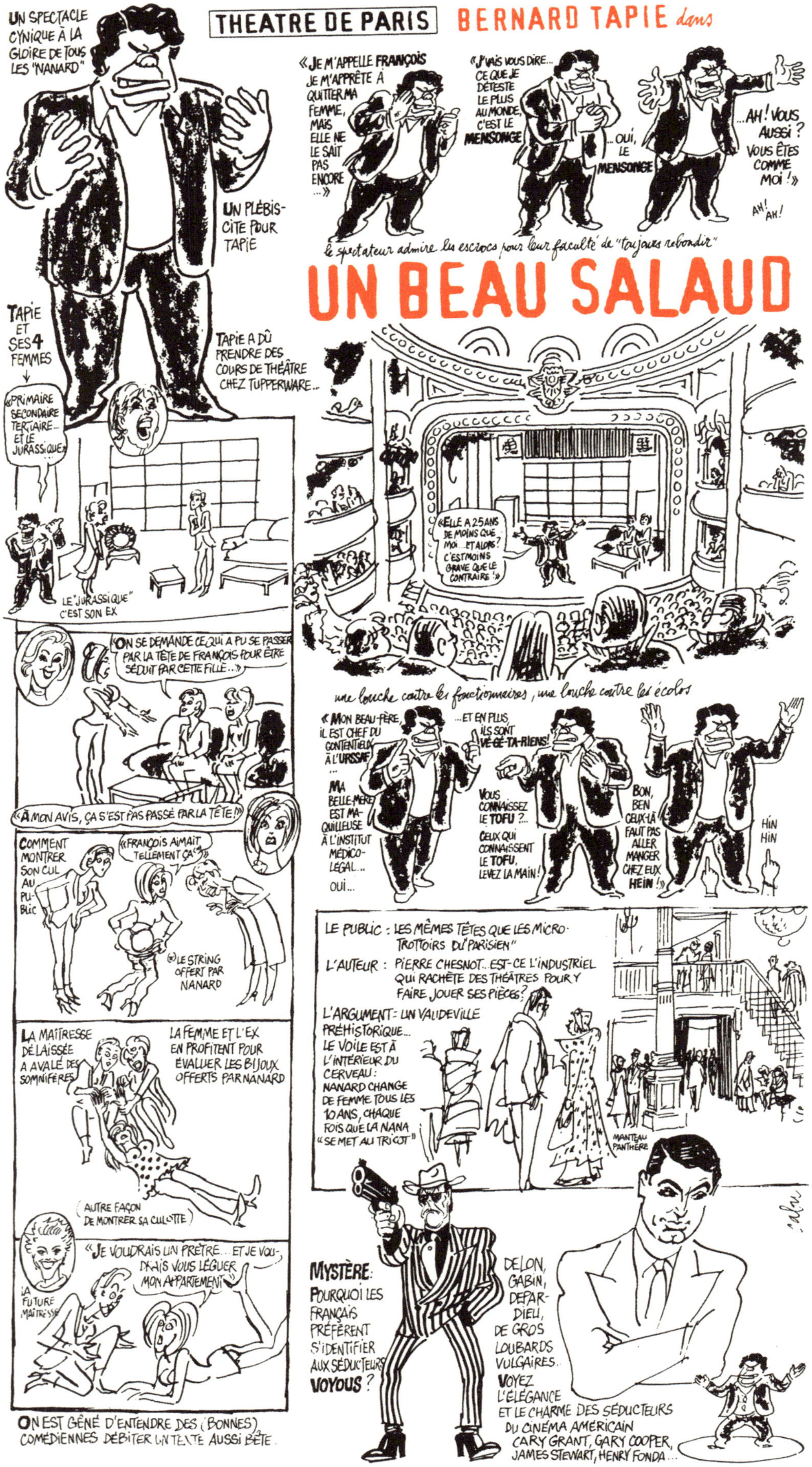

Cabu a beau être amoureux des comédiens, il est loin d'être tendre avec les people qui montent sur scène. Il reproche à ces personnalités dépassées par leur statut de star d'en faire trop, ou plus exactement de ne pas en faire assez pour être dignes à ses yeux d'être sur les planches face au public.
Charlie Hebdo, 2004

Cabu connaît bien le monde du petit écran pour y avoir travaillé régulièrement et pour le regarder depuis toujours en téléspectateur exigeant. Certaines têtes lui reviennent plus que d'autres !
De g. à d. et de h. en b. :
Poivre-d'Arvor, Coffe, Sébastien, Drucker, Delarue, Dumas ;
Fogiel, Hanin, Laffont ;
Castaldi, Pernaut, Pujadas, Dorothée.
Mise en couleur : Wozniak
Couverture du *Dictionnaire de la télévision française,* éditions Nouveau monde, 2007

Sœur Emmanuelle et Dominique Strauss-Kahn
Destins croisés pour la religieuse qui avait connu le succès dans les années 60 pour avoir chanté les louanges de son saint patron, et le patron du FMI qui connut la déchéance en 2011 pour avoir touché un sein.
Charlie Hebdo, 2008

Zinédine Zidane et l'abbé Pierre
Le Canard enchaîné, 1986

Figure incontournable du paysage télévisuel français, le présentateur Léon Zitrone a subi les caricatures, avant sa mort et à titre posthume !
« Rebuts de presse », émission « Droit de Réponse », TF1, 1986

Éric Zemmour peut se targuer d'avoir été la cible d'une des dernières échappées de Cabu dans *Charlie Hebdo*. Il s'en est même fallu de peu qu'il fasse la couverture !
Charlie Hebdo, 2014

Les Combats de Cabu

« Je m'insurgerai toujours contre l'injustice et la connerie », proclame Cabu. Il ne manquait donc pas de travail ! Et pourtant, il regrettait de ne pas cogner assez fort pour faire passer ses convictions. « Je n'y arrive pas, je me trouve trop gentil. Il faut déranger… »

Ses combats, Cabu les a toujours menés pacifiquement, à travers ses dessins pour dénoncer, tenant son rôle de provocateur (avec plusieurs dizaines de procès cumulés), brisant les tabous dans la bonne humeur, en veillant à toujours susciter la réflexion.

Ses perpétuelles indignations contre les pollueurs, les militaires, les censeurs et les intégristes de tout culte ont marqué son œuvre – et donc ses lecteurs – depuis longtemps. Les visionnaires comme Cabu souffrent d'une chose : ils ont raison trop tôt.

Autoportrait,
Charlie Hebdo, 1977

Un discours politique honnête,
ça change tout.
1990

Projet de couverture *Le Grand Duduche en vacances*, éditions du Square, 1974

Écologie

Moment de poésie inspiré par la manifestation des marins-pêcheurs à Rennes en 1994.
Le Canard enchaîné, 1994

La peur verte
Au premier tour des élections régionales 1992, les écologistes affichent leur meilleur score historique avec 14,55 % des suffrages. Inquiétant, non ?
Le Canard enchaîné, 1992

Sans commentaire. Vraiment.
Le Canard enchaîné, 1986

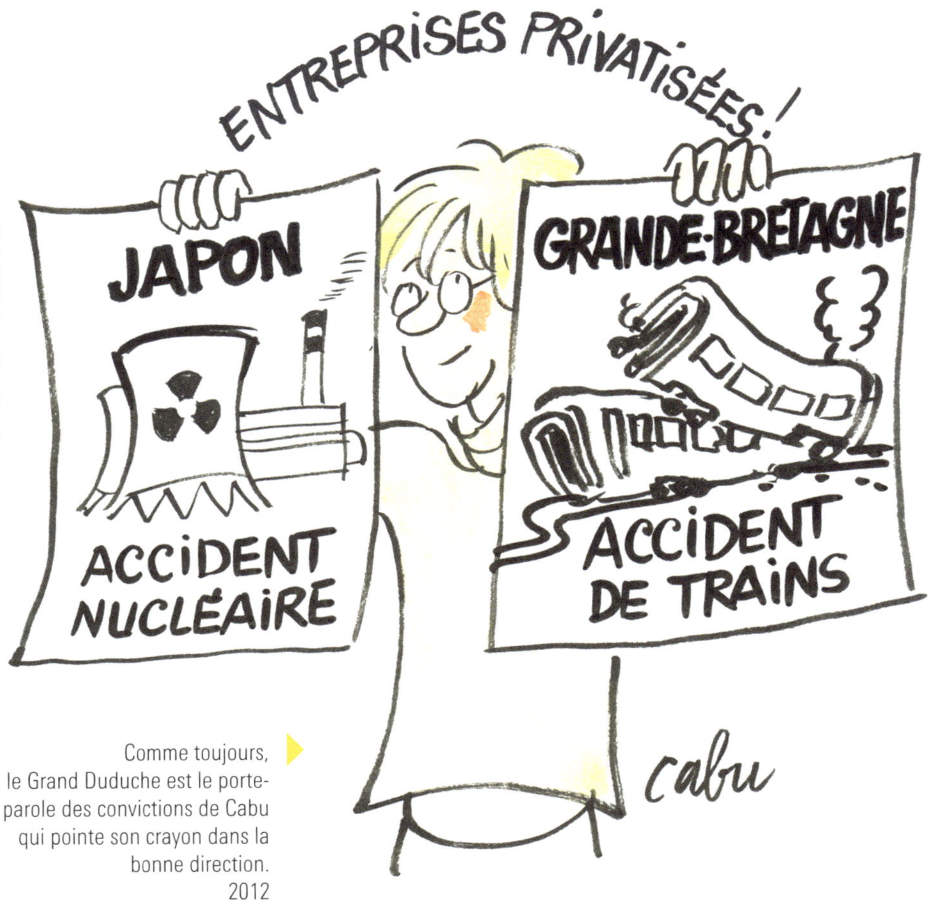

Comme toujours, le Grand Duduche est le porte-parole des convictions de Cabu qui pointe son crayon dans la bonne direction.
2012

Torrey Canyon (1967), Amoco Cadiz (1978), Erika (1999)… sans parler des dégazages sauvages, comme celui de fin 2010 qui a relancé le sujet pour Cabu.
Charlie Hebdo, 2011

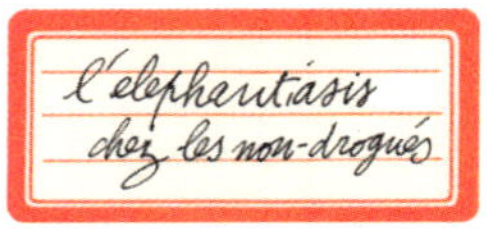

Le nucléaire, c'est que des avantages.

Charlie Hebdo, 1979

Charlie Hebdo, 1976

Hara-Kiri, 1978

Le fils du Beauf : son combat contre le « périmé »
On peut toujours compter sur la famille – en tout cas celle du Beauf – pour nous aider dans nos combats quotidiens.
Le Canard enchaîné, 2014

Une fois encore,
Cabu met dans le même pot
sujets écologiques,
économiques et sociétaux.
Charlie Hebdo, 2011

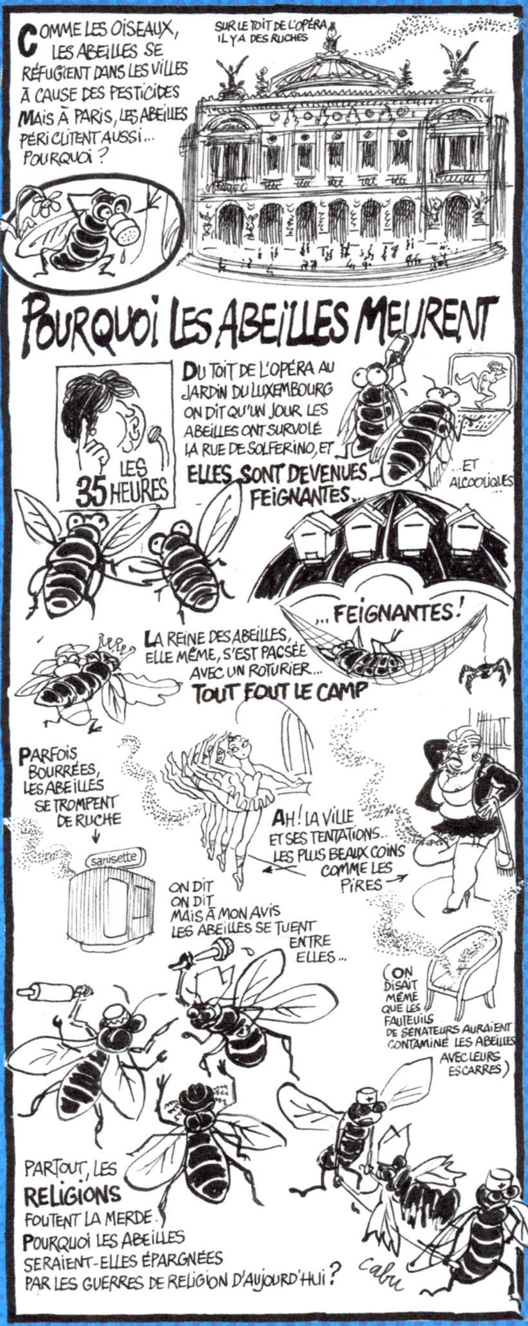

Une vision archéologique
d'il y a plus de 40 ans,
déjà désastreuse,
d'où nous sommes
et où nous allons.
Charlie Hebdo, 1971

Un beauf le sait : il a toujours raison.
Le Canard enchaîné, 1989

Il est important d'avoir un bon bilan carbone en toutes circonstances.
Charlie Hebdo, 1973

Cabu est contre les monuments aux morts.
Il est plutôt favorable aux monuments pour la paix.

À son retour d'Algérie, Cabu comprend déjà qu'il restera un antimilitariste toute sa vie.
L'Union, 1961

Pacifisme

Selon Cabu, les statues, comme les symboles, sont faits pour être déboulonnés.
Surtout lorsqu'il faut les mettre au service du pacifisme. On pourrait justement au milieu de cette composition reconnaître Cabu avec la barbe, comme il la porte dans ces années-là.
Inspiré de la statue *Le Départ des volontaires* de Rude à l'Arc de triomphe, 1836
Union Pacifiste, 1976

Pacifiste, mais également bon connaisseur de l'économie militaire.
En 2020, l'information est toujours valable.
Inspiré de la Semeuse, symbole de la France au dos des pièces de monnaie.
Union Pacifiste, 1978

Cabu remet régulièrement le sujet de la vente d'armes dans ses dessins, comme ici avec cette « échappée » qui n'a pas été retenue pour faire la une de *Charlie Hebdo*.
Charlie Hebdo, 1973

L'armée lâchement démoralisée par les pacifistes
Un bon dessin vaut-il mieux qu'un missile Pluton ?
Le soutien permanent de Cabu au journal militant *Union Pacifiste* se traduira notamment par plus de 50 couvertures et affiches réalisées gracieusement depuis 1976.
Union Pacifiste, 1976

En référence au poème de Rudyard Kipling, 1895.
Cette série de dessins avait été créée à l'origine pour l'émission dominicale de Jacques Martin, « Le Petit Rapporteur » (1975).
Mais la télévision n'avait pas diffusé l'intégralité de la planche.
Et la révolution, ça vient ? 1981

Si...

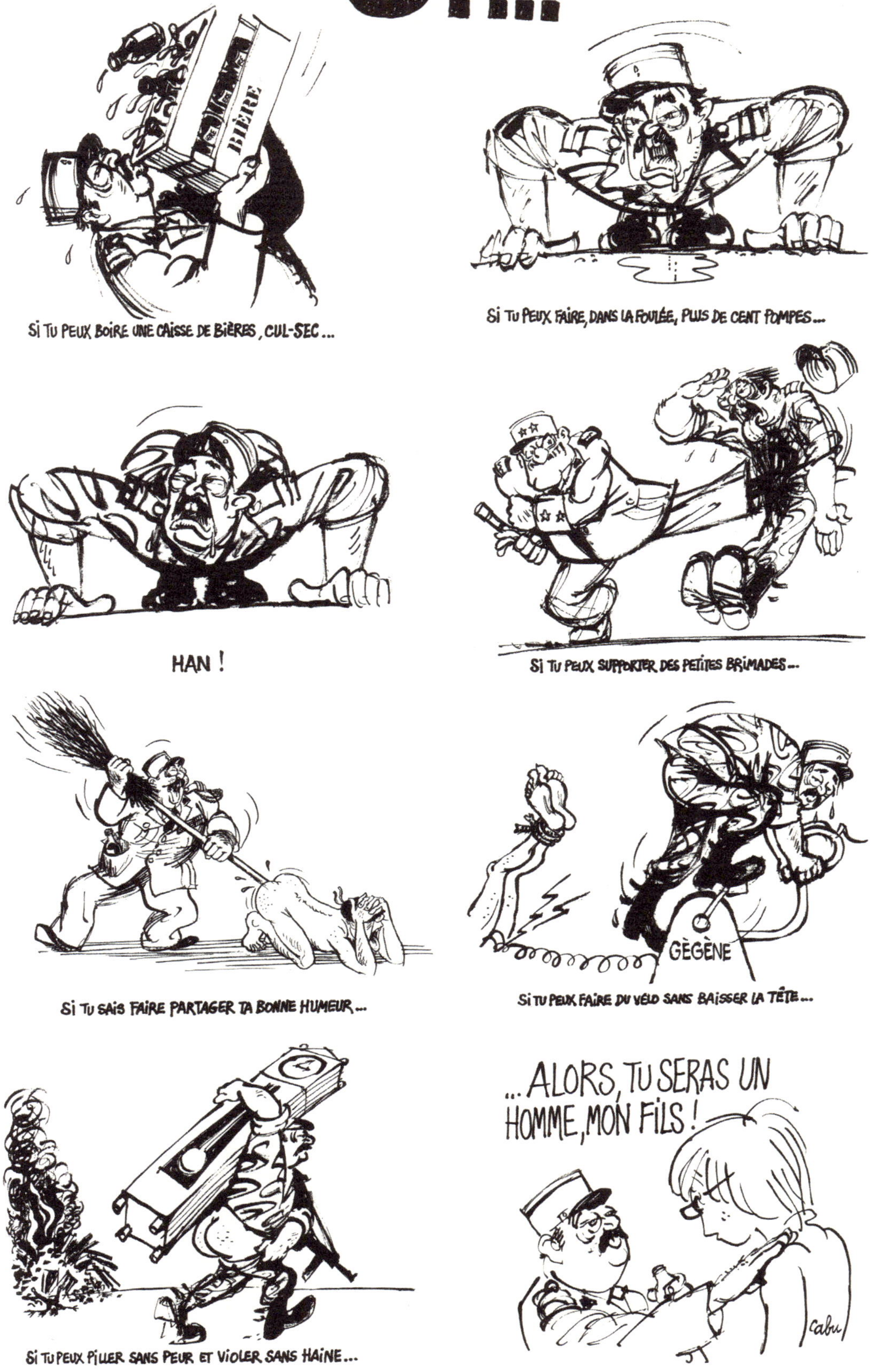

BIÈRE
SI TU PEUX BOIRE UNE CAISSE DE BIÈRES, CUL-SEC...
SI TU PEUX FAIRE, DANS LA FOULÉE, PLUS DE CENT POMPES...
HAN !
SI TU PEUX SUPPORTER DES PETITES BRIMADES...
SI TU SAIS FAIRE PARTAGER TA BONNE HUMEUR...
GÈGÈNE
SI TU PEUX FAIRE DU VÉLO SANS BAISSER LA TÊTE...
SI TU PEUX PILLER SANS PEUR ET VIOLER SANS HAINE...
... ALORS, TU SERAS UN HOMME, MON FILS !
cabu

On peut toujours compter sur Cabu pour entretenir le moral des troupes.
Maquette pour la une de *Charlie Hebdo*, 1976

Pour le Grand Duduche, l'entraînement se doit d'être régulier… et ludique !
Le Grand Duduche, Dargaud, 1967

Les missions des casques bleus à Sarajevo semblent déjà contradictoires.
Charlie Hebdo, 1992

La part réservée au budget de l'armée – mais pas seulement – est une obsession permanente chez Cabu lorsqu'il remplit sa feuille d'impôt. En pleine chasse au gaspi organisée par le gouvernement de l'époque, il est capital de savoir cibler ses objectifs… sans oublier les autres cibles favorites de Cabu. *Charlie Hebdo*, 1979

Le Grand Duduche et la fille du proviseur, Dargaud, 1980

En tout cas, on peut rire de tout…
Charlie Hebdo, 1972

Liberté d'expression

Pastiche de « La liberté guidant le peuple » de Delacroix.
Un dessin que ferait encore Cabu aujourd'hui, pour défendre l'hebdomadaire auquel il a consacré sa vie.
Affiche, 1994

Cabu est toujours « dans le dessin d'après », travaillant inlassablement pour produire une quinzaine de dessins qui seront publiés chaque semaine entre *Le Canard enchaîné* et *Charlie Hebdo*. Mais il s'interdit de tomber dans les poncifs pour que ses dessins soient « contre » la guerre plutôt que « pour » la paix. Une tournure d'esprit qui n'est pas du goût de tout le monde.
Charlie Hebdo, 2009

RUPTURE DE STOCKS CHEZ LES DESSINATEURS

ÇA CRACHE DE LA COLOMBE DE LA PAIX EN CE MOMENT !

On ne va quand même pas faire un procès pour une caricature, non ? Si ?... *Charlie Hebdo*, 2013

Allégorie de Maître Kiejmann plaidant lors du procès des caricatures les 7 et 8 février 2007, qui verra la relaxe de *Charlie Hebdo*.
2007

2011

Suite aux réactions suscitées par la publication des caricatures de Mahomet dans la presse danoise et dans *France-Soir*, toute l'équipe de *Charlie Hebdo* met un point d'honneur à défendre la liberté d'expression.
La une du numéro 712 appartient désormais à l'histoire : le destin de *Charlie Hebdo* et de ses journalistes change à tout jamais cette semaine-là.

N.B. : afin d'éviter le détournement de son dessin avec un recadrage qui couperait une partie du texte, Cabu a tenu à ce que les dernières lettres du mot « intégristes » soient intégrées dans le turban de Mahomet.
Charlie Hebdo, 2006

La conférence de rédaction et le bouclage de ce numéro spécial sont visibles dans le documentaire *Charlie 712*, réalisé par Jérôme Lambert et Philippe Picard, Bonne Compagnie, 2015

CHARLIE HEB
2€
NUMÉRO SPÉCIAL
MAHOMET DÉBORDÉ PAR LES INTÉGRISTES
C'EST DUR D'ÊTRE AIMÉ PAR DES CONS...
Cabu
N° 712 ▪ Mercredi 8 février 2006 ▪ FRANCE MÉTRO : 2 € ▪ DOM : 3 € ▪ BEL : 2,30 € ▪ CH : 4 FS ▪ AND : 2 € ▪ CAN : 4,90 $C ▪ D : 3 € ▪ GR : 2,90 € ▪ LUX : 2,30 € ▪ MAY : 3 €
▪ NL : 3 € ▪ PORT. CONT. : 3,25 € ▪ ZONE CFA : 1800 CFA. Imprimé en France.
T 05777 - 712 - F: 2,00 €

De ses premières lectures qui le marquent pour toujours à la transmission des gestes graphiques ou des valeurs à la génération suivante de dessinateurs, la carrière de Cabu est estampillée par quelques figures emblématiques et des amitiés fortes quasiment fraternelles.

De tous les maîtres, c'est le dessinateur humoristique Albert Dubout qui se détache largement, « l'homme aux 5 milliards de lecteurs » tant il a été publié dans toute la presse française sur des décennies. Un parallèle avec Cabu ? Quoi qu'il en soit, entre les grands peintres du XVIIe siècle ou Picasso, les dessinateurs de presse du XIXe tels Daumier, Forain, Willette, puis les Bofa, Grove, Beuville, il est difficile de tout montrer tant les influences sont multiples et les clins d'œil respectueux souvent glissés par Cabu dans ses dessins.

Il en va de même pour les copains : de Fred, qui lui a fait rencontrer Cavanna et l'équipe naissante de *Hara-Kiri,* à Riss qui dirige désormais *Charlie Hebdo,* en passant par Goscinny, Gotlib, les autres dessinateurs du *Canard*… Le même goût du trait achevé et de l'idée traduite sur le papier forment un lien que seuls comprennent vraiment entre eux les dessinateurs.

Le Panthéon de Cabu

Hara-Kiri, 1971

pschhh ! les gosses !

Les maîtres incontournables

Salon de l'automobile

À seulement 13 ans, Cabu est totalement passionné par le dessin. Son premier maître est Albert Dubout (1905-1976).
« Ce sont les dessins de Dubout qui m'ont donné envie de dessiner » affirmera-t-il.
On retrouve ici toutes les caractéristiques de son idole : pléthore de personnages, page remplie fourmillant de détails croustillants…
Notons que l'anti-bagnoles qu'était Cabu savait tout de même très bien dessiner les voitures !
Inédit, octobre 1951

Salon de l'automobile

Cabu ne sera pas le seul influencé par Dubout : Wolinski le déclarera volontiers ainsi qu'Hergé dont les détectives Dupond et Dupont seront en droite ligne des jumeaux en bas à droite du dessin.
Marianne, 1933

Dubout

Le lecteur aimerait être dans un dessin de Dubout. Et pourtant, il montre ce que les gens ne veulent pas voir : des femmes comme on n'oserait plus les dessiner aujourd'hui, et des hommes comme ils n'ont pas envie de se voir. Des gros, des petits, des foules, des solitaires, Dubout utilise le ressort classique du rire : le contraste. Mais il l'applique à la modernité, avec un souci du détail qui met en valeur l'individu.

Sa maîtrise du dessin pour représenter le bordel, l'opulence des corps, le chaos des foules, montre qu'il ne pouvait pas être le dessinateur d'une société individualiste.

La plus parisienne des places de la capitale n'est guère fréquentée que par les touristes et les peintres de Montmartre. Dans cette double page, on reconnaît encore l'influence persistante de Searle.
Hara-Kiri, 1971

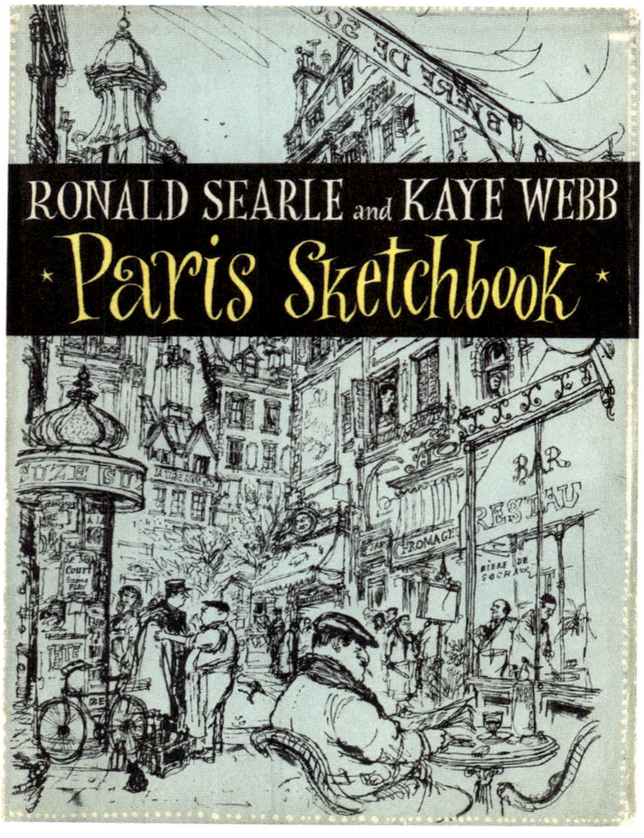

Searle

Le dessinateur américain Ronald Searle (1920-2011) influence beaucoup Cabu entre 1957 et 1958 : ses personnages comme les rues qu'il dessine ont la même élégance et donnent cette impression d'être croqués sur le vif.
Perpetua Books, 1957.

Tableau de Marcel Cabut (1913-2007), 1996

Cabut

S'il fallut quelques années au père de Cabu pour être serein sur l'avenir professionnel de son fils, Marcel Cabut ne bouda pas son plaisir de retraité en se mettant à la peinture avec une prédilection pour le pastel. Une passion de peintre du dimanche encouragée par son fils, dessinateur 7 jours sur 7.
Catalogue *Marcel Cabut, peintre du dimanche*, 1996

Un vote à main levée pendant les inondations de 1910.

Daumier

Cabu a souvent été appelé « le Daumier du XXe siècle ».
Même s'il s'en défendait, il ne devait pas être déshonoré d'être comparé à l'un de ses maîtres.
Au petit Bonheur la chambre de Jean-Claude Lamy et Marc Kunstlé, Julliard, 1972

Le devoir d'inventaire, trois ans après la mort de Mitterrand
« - On avait oublié une francisque dans son ventre… »
Rembrandt (1606-1669) : au-dessus de tous les autres selon Cabu pour son art du portrait, et dont le regard met à jour la personnalité du modèle. Ce n'est pas un hasard si Cabu commençait presque systématiquement ses caricatures par les yeux.
D'après *La Leçon d'anatomie* de Rembrandt, 1632
Le Canard enchaîné, 1999

Rembrandt

L'insécurité, thème majeur des municipales
La nouvelle « Ronde de nuit »
De g. à d. : Seguin, Madelin, Douste-Blazy, Balladur, B. Chirac, J. Tiberi, Guigou, X. Tiberi, Jospin, Bled, Lang, Vaillant, Queyranne, Gayssot, Delanoë, Sarkozy, Alliot-Marie, Chirac, J.-L. Debré.
Chaque fois qu'il a pu, Cabu est allé admirer la peinture originale à Amsterdam. Alors, avec déférence, il la détourne pour dresser le tableau en clair-obscur des politiciens du moment.
Avec son épouse Véronique, il parcourt tous les musées du monde et revient régulièrement au Louvre scruter les toiles du maître dans tous les détails.
D'après *La Ronde de nuit* de Rembrandt, 1642
Le Canard enchaîné, 2001

De g. à d. : Sarkozy, Joly, Bayrou, Seguin, Guigou, Chirac, Giscard, Hue, Jospin, Chevènement. Cabu considérait sans doute Bruegel l'Ancien comme le Dubout du Moyen Âge ! Il y aime les personnages nombreux, les détails du quotidien qui enrichissent la vision que l'on a du peuple représenté. Et son goût des pastiches lui permet de traiter de la Cohabitation Chirac-Jospin avec délices.
D'après *Le Repas de noces* de Bruegel, 1567
Les Dossiers du Canard, 1997

Bruegel Vélasquez Picasso

Cabu profite de ses escapades en Europe avec son épouse pour admirer ses pairs parmi lesquels Diego Vélasquez (1599-1660), le « peintre de la vérité », dont les portraits sans détours de la cour du roi Philippe IV d'Espagne prennent le risque d'être terriblement ressemblants aux caricatures vivantes que sont ses modèles. Dans sa « méthode à Cabu » comme ailleurs, il sait toujours raccrocher le passé avec le présent.
Charlie Hebdo, 2008

Dans cette série de pastiches de Picasso, Cabu rend hommage au maître du cubisme en mettant le pouvoir en boîte.
Charlie Hebdo, 2009

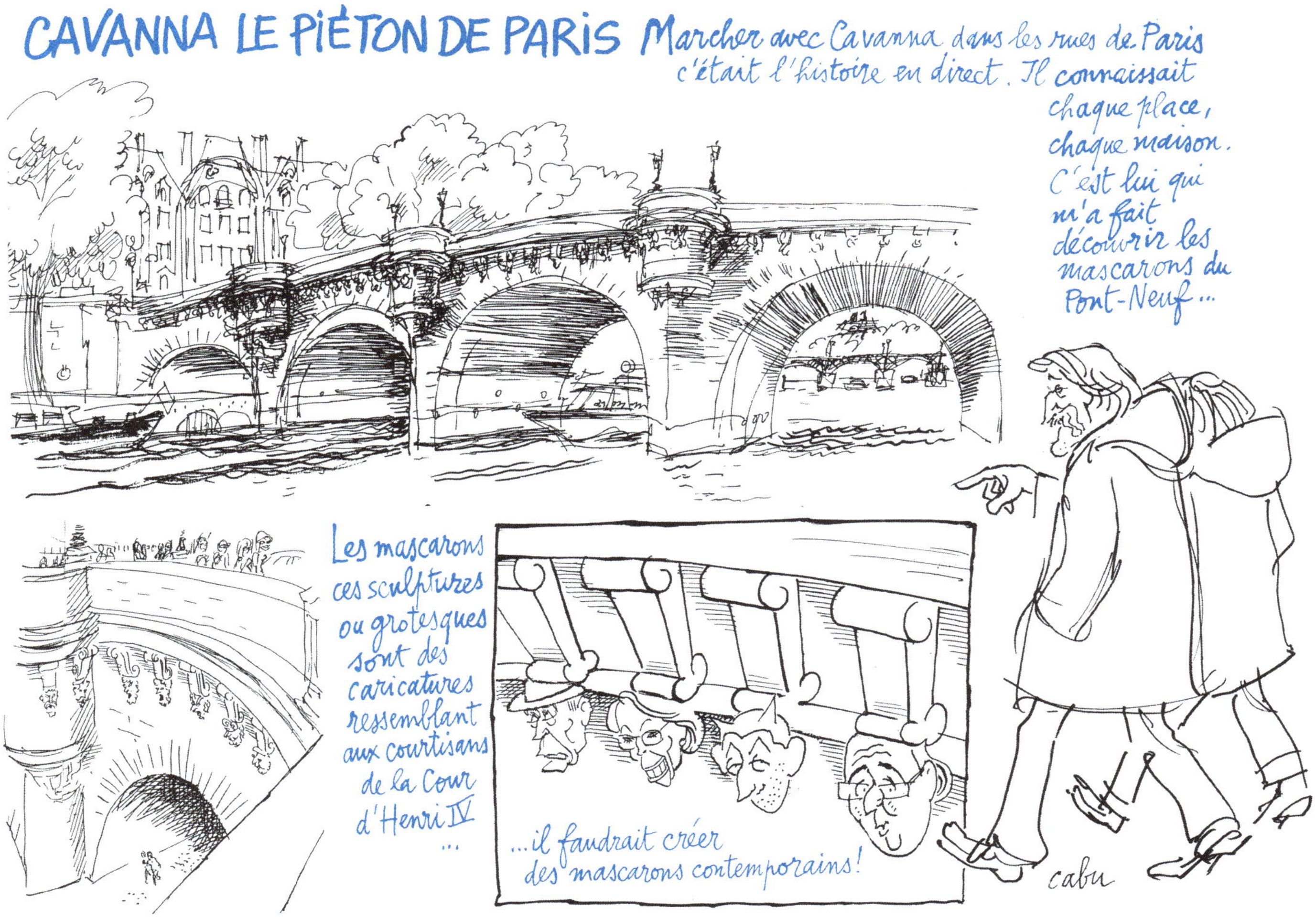

Cavanna

Malgré plus de 50 ans d'amitié, Cavanna était le seul que Cabu a continué de vouvoyer à *Charlie Hebdo*, même lors de leurs balades dans Paris, évoquées dans cette planche réalisée au moment de son décès.
Charlie Hebdo, 2014

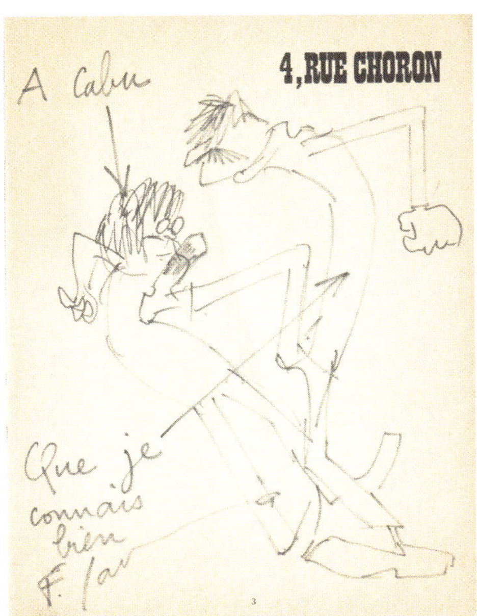

Les Copains inoubliables

Cabu fait la connaissance de François Cavanna, qui vient de créer *Hara-Kiri* avec François Bernier, à son retour d'Algérie à l'été 1960. Leur collaboration va durer jusqu'à la mort de Cavanna, passant du « journal bête et méchant » à *Charlie Hebdo*, première et deuxième périodes.
François Cavanna (1923-2014)
Dédicace dans son livre *4, rue Choron,* 1965

Reiser

Cabu a toujours admiré Reiser (1941-1983) qu'il considère comme l'un des plus singuliers et talentueux dessinateurs de sa génération. Ils partagent le même goût pour l'écologie. La mort prématurée de Reiser en 1983 sera l'un des événements qui attristera le plus Cabu dans son existence.
Jean-Marc Reiser, dit Reiser, 1975
Carton, 1984

Le Forestier

Pochette de l'album *Saltimbanque* de Maxime Le Forestier
Cabu et Maxime Le Forestier sont devenus amis grâce à leur antimilitarisme commun. Celui qui avait écrit la chanson « Parachutiste » en imagine une autre en pensant à Cabu et intitulée « Caricature ». Il demandera à sa « muse » d'illustrer la pochette de son album. Cabu fera mieux que ça en croquant les séances studio, en illustrant le songbook puis l'affiche et le programme de la tournée qui suivront !
1975

Gotlib

La fameuse coccinelle de Gotlib (1934-2016), un de ses personnages emblématiques, revisitée par Cabu à l'occasion d'une interview dans le magazine du collectif en ligne cofondé par Cabu, Wozniak et Kerleroux : *Scorbut*.
Scorbut.eu, 2002

Mougey

Portraits croisés entre deux amis qui se sont connus à *Charlie Hebdo* et qui travaillent encore ensemble au *Canard enchaîné*.
Dessinateur, sculpteur, Philippe Mougey partage avec Cabu le goût pour les charges de Daumier ou Dantan et a suivi plusieurs sessions de dessin de nu en compagnie de Cabu.
Cabu, par Philippe Mougey (né en 1969)
2011

Wozniak

Membre fondateur du collectif Scorbut avec Cabu, Wozniak collabore régulièrement avec Manu Chao, Ramon Lopez et Archie Shepp.
Collègue de Cabu au *Canard enchaîné*, ils deviennent rapidement amis et s'amusent à mélanger leurs traits, forts des mêmes valeurs. Wozniak a mis en couleur de nombreux dessins de Cabu, qui se considérait lui-même comme un piètre coloriste…
Cabu, par Jacek Wozniak, dit Wozniak (né en 1954)
Scorbut.eu, 1996

Pétillon

René Pétillon, dit Pétillon (1945-2018),
Camarade du *Canard enchaîné*,
Pétillon a offert ce dessin à Véronique Cabut, en souvenir des croquis que Cabu était capable d'exécuter les mains dans le dos afin de ne froisser ni l'humeur ni l'uniforme de ceux qu'il caricaturait.
2015

De septembre à octobre 1966, Cabu suit toutes les audiences du procès Ben Barka pour *Le Figaro*. Trois dessins publiés chaque jour et un exercice virtuose pour rendre compte de la personnalité des protagonistes, sous tous les angles. Un témoignage unique sur ce moment trouble de la Vᵉ République.
Le Figaro, 1966

Riss

Comme plusieurs dessinateurs de *Charlie Hebdo* poussés par Cabu, Riss ira se frotter à l'exercice périlleux du croquis d'audience. Un tribunal, c'est comme un théâtre, une tragédie avec unité de lieu, de temps, de personnages. Inculpé de crime contre l'humanité, Papon est jugé pendant 7 mois de procès et 95 audiences dont Riss a rendu compte avec des dessins d'une immense valeur historique.
Laurent Sourisseau, dit Riss (né en 1966)
Procès Papon, 1997

Willem

Cabu et Willem se connaissent et s'admirent mutuellement depuis la fin des années soixante, à la charnière entre l'*Hebdo Hara-Kiri* et *Charlie Hebdo*. Deux fous dessinant qui explorent la bêtise humaine avec le sourire pour en dénoncer l'horreur.
Cabu, par Bernhard Willem Holtrop, dit Willem (né en 1941)
1982

Luz

Luz a raconté son parcours de dessinateur lorsque Cabu a examiné ses dessins devant les locaux du *Canard enchaîné* où il était venu rencontrer son « idole » avant que celui-ci l'emmène trouver sa voie à *Charlie Hebdo*.
Cabu, par Renald Luzier, dit Luz (né en 1972)
Indélébiles, 2018

Coco

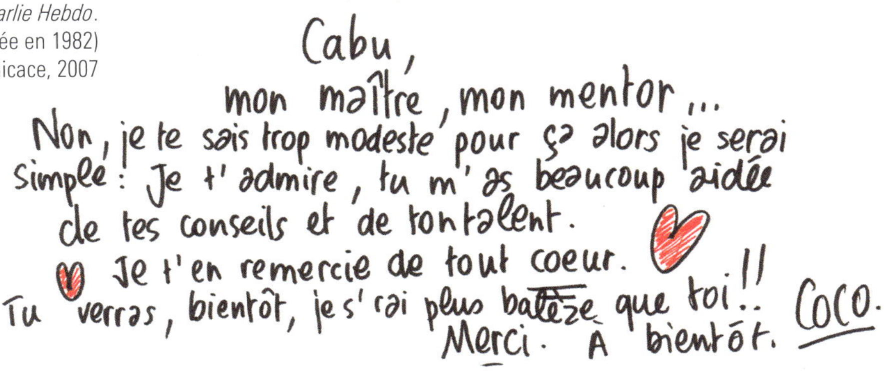

Coco est arrivée de Poitiers où elle avait fait ses études pour faire un stage à *Charlie Hebdo* en 2007. « Lorsque j'avais une question, j'allais plus facilement voir Cabu : il avait le don de mettre tout le monde à l'aise. Il avait cette gentillesse naturelle permanente qui le rendait très accessible. Il me donnait aussi toujours de bons conseils pour mes caricatures. » (in *Coco*, de Virginie Ennor, Les Iconovores #1, Critères éditions, 2016). Depuis un premier dessin publié en 2008, elle dessine toujours à *Charlie Hebdo*.
Corinne Rey, dite Coco (née en 1982)
Dédicace, 2007

Toute l'équipe de *Charlie Hebdo*
(2e période)
alors rue de Turbigo, Paris 3e.

1 Sylvie Belin
2 Philippe Mougey
3 Antonio Fischetti
4 Bernar
5 Emmanuel Lods
6 Michel Boujut
7 Guillaume Lecointre
8 Stéphane Bou
9 Nathalie Marotta
10 Oublié par Cabu sur le dessin !
11 Baudoin Claessens
12 Honoré
13 Jul
14 Luce Lapin
15 Cabu
16 Liliane Roudière
17 Pierre-Yves Marteau
18 Philippe Val
19 Bernard Maris
20 Cavanna
21 Gérard Biard
22 Mustapha Ourrad
23 Wolinski
24 Willem
25 Riss
26 Emmanuelle Veil
27 Gébé
28 Michel Polac
29 Sylvie Coma
30 Tignous
31 Luz
32 Charb
33 Siné
34 Angélique
35 Francine
36 Éric Portheault
37 Sépia

Sans oublier Xavier Pasquini dans un cadre, récemment décédé et Kamagurka en fax car il ne se déplaçait jamais au journal.
Charlie Hebdo, 2004

PASQUINI †
DRING
KAMAGURKA
19
20
21
22
23
24
25
26
27
28
29
30
31
32
33
34
35
36
Cabu

Wolinski

Entre Georges Wolinski (1934-2015) et Cabu, c'est une vieille amitié qui remonte à 1960 lors de leur rencontre aux débuts d'*Hara-Kiri*. Copains, voisins, ils se voient chaque semaine et, lors des bouclages à *Charlie Hebdo*, jettent toujours un coup d'œil au dessin de l'autre.
Révérant tous les deux Albert Dubout, leur style est pourtant bien différent, chacun admirant leurs coups de crayon respectifs.
Et ça n'est pas une légende : afin de pouvoir dessiner dans un milieu hostile, Cabu utilise parfois ce subterfuge qui consiste à dessiner soit les mains dans le dos, soit dans la poche du pantalon. Il saisit les traits caractéristiques du personnage. Et sa mémoire visuelle reconstitue le visage plus tard lorsqu'il est à son bureau, au calme.

Wolinski est mort assassiné dans l'attentat contre la rédaction de Charlie Hebdo, le 7 janvier 2015.

Tignous

La rencontre avec Tignous (1957-2015) se fait à *La Grosse Bertha*. Lorsque Cabu en part en juillet 1992 pour relancer *Charlie Hebdo,* il l'emmène dans la nouvelle équipe.
Selon Tignous, « un dessin réussi prête à rire. Quand il est vraiment réussi, il prête à penser. S'il prête à rire et à penser, alors c'est un excellent dessin. » Cabu ne peut qu'être d'accord sur ce point avec son ami.

Contexte : L'adjudant-chef Chanal, reconnu coupable dans la disparition de 8 jeunes gens près du camp militaire de Mourmelon dans les années 80, avait été représenté par Cabu en train de sodomiser le soldat inconnu (cette couverture de *Charlie Hebdo* vaut un énième procès à Cabu).

Tignous est mort assassiné dans l'attentat contre la rédaction de Charlie Hebdo, le 7 janvier 2015.

Charb

Cabu raconte avec émotion sa première rencontre avec Charb (1967-2015). Il l'embauchera quelques années plus tard à *La Grosse Bertha* puis à *Charlie Hebdo* (2e période).
Deux styles graphiques radicalement différents, mais une admiration réciproque. Entre 1994 et 1999, Charb a produit des milliers de dessins pour *Mon quotidien,* le journal destiné aux 10-14 ans dans lequel il crée notamment les personnages de Quotillon et Rognon. Ici, Charb montre les passions invétérées de Cabu pour l'encre et le sucre.

Charb est mort assassiné dans l'attentat contre la rédaction de Charlie Hebdo, le 7 janvier 2015.

Oncle Bernard

Économiste, professeur, journaliste, écrivain, Bernard Maris (1946-2015) est chroniqueur à *Charlie Hebdo* sous le pseudonyme d'Oncle Bernard.
Une de ses forces était de pouvoir faire comprendre l'économie à un gamin de huit ans… et à Cabu !

Bernard Maris est mort assassiné dans l'attentat contre la rédaction de Charlie Hebdo, le 7 janvier 2015.

Honoré

Cabu admirait ce style immédiatement reconnaissable chez Honoré (1941-2015), dessinateur aussi discret que talentueux à *Charlie Hebdo*.
Avec Cabu, Honoré partage le goût pour le peintre et graveur Félix Vallotton (1865-1925).
Dans ces esquisses, on peut noter que Cabu a gardé la moue d'Honoré, mais qu'il recherche l'exactitude du regard de son copain.
Quant à son autoportrait, Cabu hésite plus sur sa capillarité que sur le rictus.

Honoré est mort assassiné dans l'attentat contre la rédaction de Charlie Hebdo, le 7 janvier 2015.

« Il dessinait à la plume », c'est ainsi que Cabu souhaitait que l'on se souvienne de lui. Mais la plume n'est qu'un des outils qu'il utilise au quotidien. Entre le minuscule crayon à papier taillé au couteau pour travailler en toute discrétion dans sa poche et son marqueur qui empeste toute la rédaction, Cabu se sert d'une foultitude d'instruments : stylo-bille, feutre, rotring, fusain, acrylique, crayon de couleur, encre de couleur, crayon gras... En fonction des supports et médias où vont paraître les dessins, Cabu adapte le trait, le format, la technique.

Côté ressemblance, « c'est la moindre des politesses pour un caricaturiste », dit-il. Pour réaliser le bon portrait d'un nouveau venu dans le champ médiatique, Cabu procède par analogie. Il rapproche ainsi François Mitterrand de Louis Jouvet. Mais la confrontation en réel au sujet à dessiner reste la voie royale. C'est là que Cabu peut révéler la vraie personnalité du modèle. Pour Cabu, la moitié du travail est accompli si le regard du caricaturé est réussi !

Cabu dessinait sans cesse, depuis qu'il était gamin avec le même enthousiasme enfantin. Son public de jeunes téléspectateurs de l'époque Dorothée le réjouissait : « C'est encore l'âge où l'on n'a pas peur de dessiner. » Alors, sur le principe du « si vous savez écrire, vous savez caricaturer », il avait « théorisé » sa méthode, offrant à chacun ses trucs et astuces pour se prendre au jeu de dessiner comme Cabu. À vous d'essayer...

La Méthode à *Cabu*

Dans ces petites liasses constituées de papier A4 qu'il emporte partout avec lui, Cabu note les informations, les idées intéressantes ou idiotes au gré des conversations entre copains, attrapées au vol dans les bistros ou au journal, glanées en écoutant des émissions télé ou radio... Bref, un journaliste et un dessinateur toujours à l'affût.